SOMMERLÜGEN
Bernhard Schlink

夏日谎言

[德] 伯恩哈德·施林克 著

刘海宁 译

上海译文出版社

目　录

淡季

1

巴登-巴登的夜晚

53

树林中的小屋

103

夜晚陌生人

157

最后的夏天

209

吕根岛上的巴赫

265

南方之旅

297

淡　季

一

　　到了安检口，他们不得不分手了。不过机场很小，登机和安检都在一个地方，所以他仍然可以目送她，看着她把包放上传送带，走过安检门，出示登机牌，最后被引领到飞机上。他的位置在跑道旁的一扇玻璃门后面。

　　她不断回头，向他招手。在舷梯上，她最后一次转身，以手抚心，笑容中闪烁着泪光。她消失在飞机上后，他仍然朝那些小窗户挥手。他并不知道她是不是能看见他。发动机发出轰鸣，螺旋桨转动，飞机开始前冲，不断加速，最终腾空而起。

　　他的飞机在一个小时以后才起飞。他要了一杯咖啡、一份报纸，找了一个座位坐下。这次和她认识后，他没有看过报纸，也没有一个人喝过咖啡。过了大约一刻钟，他发现自己一个字也没看进去，咖啡一口也没喝，他心想：我已经忘记独身的状态了。他很喜欢这个想法。

二

　　那是十三天前，他到了这里。随着季节的结束，好天气也告一段落。那是一个雨天。在那个叫"客房与早餐"的小旅馆的露台上，他坐在遮雨棚下，看了一下午的书。第二天，他无所谓天气好坏，冒着雨，沿着沙滩，信步朝灯塔的方向走去。他先是在去的路上遇见了她，在回来的路上再一次和她不期而遇。他们相互微笑了一下，第一次只是有点好奇，但是第二次相遇，便生了一些好感。偌大的海滩，只有他们两个人在散步。他们成了同甘苦共患难的路人，因为他们都希望能有一个阳光明媚碧蓝清澈的天空，但共同享受的却是绵绵的雨天。

　　这天晚上，她独自坐在一家很受欢迎的海鲜餐馆的露台上，露台很大，而且应对秋意已经搭起了塑料棚子。面前的桌子上有一个杯子，杯子是满的。她在看书。这是不是意味着她还没有用餐？她不会在等她的丈夫或男朋友吧？他站在门口，有些踌躇。她抬头看见了他，朝他投来一丝友善的微笑。他鼓起勇气，朝她的桌子走去，问是不是可以和她坐在一起。

"请便。"她回答道，说完把书放在一边。

他坐下。她已经点了菜，所以可以向他推荐。他和她一样，也要了一份鳕鱼。接下来两人都不知道该说些什么。书是面朝下放着的，看不见书名，因此引不出话题。最后还是他开口说："在海角度个晚假，还是挺有意思的。"

"是因为天气相当不错吗?"她笑着说。

她这是在嘲笑他吗? 他打量她，她的脸蛋不算漂亮，眼睛太小，下巴过于方正。她的表情看上去不像是嘲笑，倒像是快乐，或许还有点吃不准。"因为可以独享海滩，因为可以在餐馆找到在旺季找不到的座位，因为人少的时候不像人多的时候那么容易感到孤独。"

"您总是在旺季结束的时候到这里来吗?"

"这里我是第一次来。本来我应当工作的，但是手指还没有进入状态，再说手指是在这儿活动还是在纽约活动，都是一回事。"他边说边一上一下运动左手的小手指，还做着弯曲伸直的动作。

她看着他小手指的动作，感觉有些奇怪。"活动? 活动干什么?"

"吹笛子。我是交响乐团的笛子手。您呢?"

"我学过钢琴，不过现在几乎不弹了。"她的脸红了。"我知道您问的不是这个。我小的时候经常和爸爸妈妈到这儿来。您刚才描述得很好，旺季结束后，海角有一种特别的魅力，空了，静了——我很喜欢。"

他没有说自己淡季来度假是因为旺季太贵，他估计她的情况和他差不多。她穿一双运动鞋，牛仔裤，宽松长袖休闲服，椅子扶手上搁着一件褪了色的打蜡上衣。两人一块儿研究了酒单，她随后推荐了一瓶便宜的长相思白葡萄酒。她给他讲她在洛杉矶的生活，她在基金会的工作，基金会组织的贫民窟剧院孩子的演出，没有冬天的生活，太平洋的威力，还有交通。他给她讲他让没有铺好的电线绊了一个跟头，摔断了一根手指，九岁的时候从窗户摔出去摔断了胳膊，十三岁的时候滑雪摔断了一条腿。刚开始的时候，露台上只有他们两人，后来客人渐渐多了起来。等到喝第二瓶的时候，露台上又只剩下他们两人。朝外望去，海洋和沙滩笼罩在一片黑暗之中。雨水沙沙地洒落在棚顶。

"您明天有什么打算？"

"我知道您住的'客房与早餐'有早餐。但是到我那儿吃早餐怎么样？"

他送她回家。她在雨伞下挽住他的胳膊。两人彼此没有说话。她住的小房子紧挨街边，距离他的"客房与早餐"大约有一英里。走到门口，门灯自动亮了。他们就这样猝不及防明亮地出现在彼此的视线中。她轻轻拥了他一下，又浅浅地给了他一个吻。就在房门要合上的一瞬间，他对她说："我叫理查德，你叫……"

"苏珊。"

三

　　理查德醒得很早。他双臂枕在脑下，细听雨点滴落在树叶和石子路面上发出的声音。虽然这预示着今天不会有好天气，但是他仍然喜欢这种均匀的沙沙声，很是令人心定。吃完早餐，苏珊会和他去散步吗？是漫步沙滩，还是在树林中围湖徜徉？或者骑自行车？他没有租汽车，估计她也没有。这样两个人的活动范围就不会太大。

　　他反复弯曲伸直手指，这样过一会儿就可以少练习一些。他心里有些担心。如果吃完早餐，他和苏珊真的一块儿待了一整天，而且一块儿烧，一块儿吃，那么然后呢？他是不是一定得和她上床？让她知道，她是一个有魅力的女人，他是一个有魅力的男人？如果不这样，是不是会伤她的心，也让自己难堪？他已经有好几年没和女人睡觉了，他觉得自己在魅力上没有什么特别之处，而且昨天晚上也没觉得她在魅力上有什么特别之处。她说得多，问得多，听得很认真，而且活泼、风趣。她每次要说什么之前，总是会稍稍停顿一小会儿，而集中注意力听的时候，她会虚眯眼睛，这让他感到挺有韵味。她勾起了他的兴趣，或者说是渴望？

餐厅里已经给他摆好了早餐。老房东夫妻给他榨好了橙汁，煎了鸡蛋，而且还烤了蛋糕。他不想扫他们的兴，坐下吃了起来。女主人每隔几分钟就从厨房出来，问他要不要咖啡，是不是再加点黄油或者换一种果酱，要不要水果或酸奶。到最后他才恍悟过来，她其实是想和他说说话。他问她在这里生活了多长时间。她站在桌旁，放下咖啡壶。那是四十年前，她丈夫继承了一小笔遗产，于是他们在海角买了这栋房子，原来的设想是住在这里，他写作，她画画。但不论是写作还是画画，都一事无成。后来孩子大了，遗产也用完了，于是他们把房子改造成了一个小旅馆，取名"客房与早餐"。"如果您想了解海角，哪儿的风景最好看，哪儿的餐馆最好吃，尽管来问我。如果您今天想出去，告诉您，沙滩即便在雨天仍然是沙滩，不过树林会被打湿。"

树林中，树木和树木之间悬浮着雾霭，街对面的房子也都罩着团团的雾气。苏珊住的小房子是一个门房，房前的路朝上通向一座大别墅，在漫漫晨雾中时隐时现，很有些神秘。他没有找到门铃，于是敲门。"来了，来了。"声音听上去很远。他听见她上楼，关门，跑过一条过道。她出现在了他面前，有些气喘，手里握着一瓶香槟。"我刚才在地窖。"

香槟又让他萌生了担心。他眼前浮现出一个场景，炉火正旺，苏珊和自己各握一个酒杯，坐在壁炉前的沙发上，她朝他挪动身体，越挪越近，最后两人挪到了一起。

"站那儿看什么呢？过来呀！"

厨房旁边是一个大房间，他看到里面果然有一个壁炉，旁边堆着木柴，壁炉前是沙发。苏珊在厨房布置好了早餐，于是他又喝了一杯橙汁，又吃了一份煎鸡蛋，最后还有一道加核桃仁的水果色拉。"味道好极了。但是我现在必须出去，跑上一圈，或者骑上一圈自行车，或者游一会儿泳。"看见她有些疑惑地看着外面的雨天，他告诉她，这是他今天的第二份早餐了。

"你不想让约翰和琳达失望？你真是个好人！"她快活地看着他，眼光中含有赞赏。"好主意，为什么不去游泳！你没有游泳裤？你是想……"她有些怀疑地看着他，但是没有表示异议。她拿起一个大包，往里面塞了几条毛巾，又放进去一把伞、香槟酒和两个酒杯。"我们可以从院子里过去，近一些，而且风景也很漂亮。"

四

　　他们走到那栋大别墅前，高大的柱子，窗户上关闭的卷帘，即便在近处这房子也给人一种神秘感。他们登上宽大的台阶，站在柱子之间的露台上，绕过房子，后面有台阶通往二楼的有檐门廊。站在这里放眼望去，雾气中，沙丘、海滩和海洋，一切笼罩在灰蒙蒙的朦胧之中。

　　"大海很平静。"她喃喃地说。

　　是她隔着这么远看出来的？还是听出来的？雨已经不下了。在这深深的寂静之中，就连他也禁不住想喃喃地说些什么。"没有海鸥？"

　　"有，在外海。雨停了后，蚯蚓会从地里钻出来，鱼会浮到水面。"

　　"不相信。"

　　她笑了。"我们不是要游泳吗？"话音刚落，她便奔跑起来，速度很快，而且对路非常熟，他拎着那个大包，根本跟不上她。

在一堆堆沙丘之间，她从他的视线中消失了。等他跑到海滩上时，她刚脱完第二只袜子，朝大海奔去。等到他跳入海水时，她已经游出有一段距离了。

海水果然出奇的静。刚开始游，他只感觉到海水凉凉的。但是慢慢地，海水开始轻抚他赤裸的身体。他先朝外游上一段距离，然后仰面朝上，任海水将自己托浮。苏珊则在更远的地方劈波斩浪。雨水又开始滴落了，他很享受雨点扑面的那种感觉。

雨水愈加密了。他看不见苏珊了。他呼喊，朝最后看到她的方向游去，然后再次呼喊。一直游到几乎看不到海岸了，他才返身往回游。他游泳不属于速度型，不论怎么用劲，速度始终快不起来。缓慢的速度让他的担心升级成恐慌。苏珊能坚持多长时间？他的手机是不是在裤子口袋里？海滩上有信号吗？最近的人家有多远？他支撑不了长时间用劲游，因此速度更加慢了，恐慌也愈加厉害了。

突然，他看见一个白条条的身影从海水中升起，然后站在海滩上不动。他的愤怒化为了勇气。她怎么能这样平白无故地让人为她担心！看见她挥手，他没有挥手。

他满脸怒气地站在她面前，她则笑盈盈地问："怎么了？"

"还问怎么了！刚才看不见你，我吓得半死。你往回游的时候，为什么不能从我这儿往回游？"

"我看不见你。"

"你看不见我?"

她脸红了。"我近视,而且很厉害。"

顷刻间,他觉得自己的怒气是那么的可笑。两人相对而立,身体赤裸,全身湿润,任雨水在脸上流淌,两人都是浑身鸡皮疙瘩,冷得哆嗦,用手臂抱胸暖和身体。她看着他,目光中有几分委屈,也有几分探寻。这个时候他知道,这种目光所表露出来的不是茫然,而仅仅只是近视。他看着青色的血管在她薄薄的白皙皮肤上时隐时现,她金黄偏红的阴毛,虽然她的头发是金黄偏浅黄色的,他打量她扁平的小腹,窈窕的腰围,坚实的手臂和大腿。他为自己的体型感到害羞,于是收起肚子。"不好意思,我刚才有些过分了。"

"我明白,你是因为担心。"她回以盈盈的微笑。

他有些不知如何是好。突然,他身体猛地动了一下,用头指向他们放包的沙丘,高喊一声"预备——跑",然后奔跑起来。但是她的速度更快,毫不费力就赶上了他。不过她并没有超过他,而是和他并排跑。这个场景令他想到了儿时和姐姐或朋友一块儿跑向一个共同的目标带来的快乐。他看到了她刚才站着的时候用手臂护着的不算丰满的乳房,还有她小巧的屁股。

五

衣服都湿透了。毛巾因为放在包里，所以没有湿。他们用毛巾裹住身体，坐在雨伞下，喝香槟酒。

她靠在他的身上。"说说你。从头开始，你的妈妈，爸爸，兄弟姐妹，一直到现在。你是美国人吗？"

"我生在柏林。父母靠给人上音乐课为生，父亲教钢琴，母亲教小提琴和中提琴。我们兄弟姐妹四个，虽然他们都比我强，但是只有我一个人上了音乐学院。是我父亲要这样，因为他无论如何接受不了儿子像老子那样一事无成。于是我就子从父命，上了音乐学院，然后再子从父命，在纽约交响乐团当了第二长笛手，而且将来还会子从父命，在另外一个更好的交响乐团当第一长笛手。"

"你父母都还在吗？"

"父亲七年前去世了，母亲是去年。"

她思忖了片刻，然后问道："如果你没有从父命当一名长笛手，而是做了你想做的事，你会做什么?"

"说来你会笑话我。父亲和母亲相继去世后，我心想，终于自由了，终于可以做想做的事情了。但是父母始终活在我的脑海里，他们仍然在不断劝说我，要我跑出去一年，离开乐团，离开长笛，奔跑，游泳，思考，记录和父母兄弟姐妹在一起的时光。这样等一年过去以后，我或许会知道自己究竟想干什么，说不定最后还是会回到长笛上。"

"我有的时候非常希望能有人劝说我。我的父母死于交通事故，那年我刚十二岁。负责监护我的婶婶不喜欢孩子。其实我自己都不清楚，我爸爸是不是喜欢我。他在世的时候对我讲过，要是我大一些就好了，这样他就可以和我干点什么。听上去不是很好。"

"对不起。那你妈妈呢?"

"她很漂亮。她也希望我能和她一样漂亮。我的衣橱和她的一样，很讲究。妈妈帮我穿着打扮的时候，总是很可亲，很温柔，很好。我多么希望她能教我怎么和讨厌的女孩和放肆的男孩交往，这样我就不用独自应付和学习了。"

雨伞下，他们沉浸在对往日的回忆中。他心想，就像两个迷途的孩子，盼望能找到归家的路途。他想到了小时候喜欢看的一本书，几个男孩和女孩迷路了，他们生活在洞穴和茅棚中，在旅途中遭歹徒袭击，被劫去做苦工，在伦敦又被洗劫一空，只能靠乞讨和偷盗为生，后来又被人卖到米兰当烟囱工。他当时为这些孩子失去了父母而伤心，多么希望他们能重新回到父母身边。但是这个故事的魅力就在于这些孩子如何在失去父母的情况下面对生活。等到他们终于和家人团聚的时候，他们已经不需要父母了。为什么只需要自己而不需要他人的独立过程总是那么艰难？他叹了一口气。

"怎么了？"

"没怎么。"他说，用手臂搂住她的脖子。

"你叹气了。"

"我希望能超越现在的我。"

她蜷缩在他身上。"这种感觉我知道。但我们的发展都是一阵一阵的，不是吗？有的时候很长时间没有任何变化，但是突然就会出现一个没有想到。一个偶遇，一个决定，顷刻之间，我们便不再是原来的我们了。"

"不再是原来的我们？我半年前参加过一次同学聚会，原来在学校听话、老实的学生，仍然听话、老实，而捣蛋鬼仍然是捣蛋鬼。我觉得他们和我一样，没有任何变化。我当时很迷惘。人人都在提高自己，都在想，人会变，会不断发展。结果却是大家总能一眼就看出来，和原来一模一样。"

"你们欧洲人都是悲观主义者。你们生活在一个旧的世界，想象不出来世界会更新，人会换新颜。"

"我们到沙滩上去吧，雨已经不下了。"

他们上下挥舞毛巾，沿着海边奔跑。赤裸的双脚踩踏在沙滩上，潮湿的沙子凉凉的，刺激得脚发痒。

"我不是悲观主义者，我总是希望生活能越过越好。"

"我又何尝不是呢?"

雨又下大了。他们回到苏珊住的房子。两人都冻得哆嗦。趁着理查德冲淋浴，苏珊走到地下室，打开暖气。趁着苏珊冲淋浴，理查德点燃壁炉。他穿上苏珊父亲留下来的红睡袍。睡袍的质地是全棉的，厚实，暖和，真丝衬里。他们将湿透的衣服晾起来，琢磨壁炉台上的电热铜茶炊怎么用，然后坐到沙发上。她盘腿坐在一个角落，他跪膝坐在另外一个角落，就这么喝着茶，相互望着。

"我待会儿穿上我的衣服。"

"别走。外面下着雨呢，你能去哪儿? 孤零零一个人坐在房间里?"

"我……"他原想说，他不想给人过分的感觉，不想打扰她，不想打乱她的生活。但这些都是客套话。他知道，她喜欢他留下来陪她。他从她脸上看出来了，从她声音中听出来了。他微笑着看她，先是客气，接着变得有些尴尬。如果此时此刻勾起了苏珊的某种欲望，而他却不能满足，那该怎么办？但是她从沙发边的一堆书和杂志中拿了一本书，看了起来。她坐的姿势、看书的样子，放松，悠闲，自娱自乐。他也情不自禁地放松下来。他翻了一下，找到一本觉得有意思的书，不过没有翻阅，而是坐在一边看她看书。一直看到她抬起头，朝他投来一个微笑。他也朝她微笑了一下。终于，身心完全放松了，他开始看书。

六

　　他回到"客房与早餐"时，已经是晚上十点了。琳达和约翰在看电视。他告诉他们明天不用给他准备早餐，他在那个年轻女人那儿吃，就是住在离这儿一英里远的那个小房子里的女人，昨天晚上在餐馆吃饭时认识的。

　　"她不住在那栋大别墅里？"

　　"她一个人来，不住大房子。很长时间一直是这样。"

　　"但是去年……"

　　"去年她是一个人来的，但是经常有客人。"

　　理查德听着老夫妻你一言我一语，听得越发糊涂起来。"你们是在说苏珊……"这个时候他忽然发现，他和苏珊彼此只告诉了名字，他还不知道她姓什么。

　　"苏珊·哈特曼。"

　　"那个有柱子的大别墅是她的？"

　　"他爷爷在二十年代买下了那栋房子。她父母去世后，管家把这片房产经营得一塌糊涂，自己收了房租，却不出一分钱保养。几年前，苏珊把他开除，自己重新布置了房子，收拾了花园。"

"这可是要一大笔钱的呀。"

"这对她算不了什么。她这样做我们这里的人都很高兴，因为曾经有人出价要分租她的土地、房子，或者改造成酒店什么的。如果她答应了，这里就不成样了。"

理查德向琳达和约翰道晚安，然后走回自己的房间。如果事先知道苏珊这么有钱，他是不会和她搭讪的。他讨厌有钱人，在鄙视遗产致富的同时，还把经营所得的财富看做是巧取豪夺。他父母挣的钱从来不足以给孩子想买什么就买什么。他在纽约交响乐团的收入也仅仅刚好够在这座昂贵的城市的花销。他没有也从来没有过有钱的朋友。

他开始生苏珊的气，觉得自己仿佛被她耍了，自己现在陷于这种处境，都是她误导的结果。自己真的深陷其中了吗？他明天早晨完全没有必要再和她共进早餐，可以直接到她那儿，直截了当地告诉她，他们不能再见面了，因为他们完全不是一路人，他们的生活完全不一样，他们生活在完全不同的世界。但是，再想想看，他们在一起，在壁炉前，共度了一个下午，相互朗诵了书中的一些句子，还一块儿做饭、吃饭、洗碗、看电影，他们在一起感到很舒服。难道他们真的完全不一样吗？

他心中一腔怒气，结果刷牙捅破了左腭。他坐在床上，用手托着腮帮，为自己感到痛心。他真的深陷其中了，因为他爱上了苏珊。只是刚刚有一点爱，他对自己说。他真的了解她吗？他究竟喜欢她什么？他们的生活完全不一样，生活的世界完全不一样，往下该怎么办？在自己付得起钱的意大利餐馆请她吃饭，两三次她或许会觉得浪漫温馨，然后呢，让她请自己吃饭？还是刷卡负债？

　　他这一晚睡得不踏实，时睡时醒。到了六点，发现已经没有了睡意，于是他干脆起床，穿上衣服，走到外面。天空密布着沉沉的乌云，但是东方的天边却显现出一抹红晕。他必须抓紧时间，否则赶不上到海边观赏日出，他顾不上穿运动鞋，蹬着散步的鞋子，就朝海边跑去。鞋底啪嗒啪嗒拍打着路面，惊飞了一群乌鸦，又惊跑了几只兔子。东方的红晕逐渐变宽，亮度不断加强。理查德看到过类似颜色的晚霞，但是还从来没有看到过这种颜色的朝霞。经过苏珊的房子时，他尽量放轻脚步。

　　海滩到了。金灿灿的太阳从暗红的海洋喷薄而出，升上红彤彤的天空，但是只持续了很短的时间，云层便吞噬了一切。顷刻间，不仅天空暗淡了许多，而且连温度也凉了许多。

　　其实经过苏珊的房子时，他完全没有必要放轻脚步，因为她已经起来了。她坐在一个沙丘旁边，看见理查德后，站起身，朝他走来。沙丘旁边的沙子比较深，走起来不方便，所以她走得很慢。出于礼貌，理查德迎她走去。其实他更愿意站在原地看着她，看她走路的姿态，从容的脚步，自信的身姿。她时而抬头，时而低头，每当抬头时，目光总是坚定地盯着他。他觉得在相互迎面走去的过程中，两人似乎在谈判，但是他不清楚在谈判什么。他看不懂她的脸在问什么，也不知道她在他身上得到了什么答案。他朝她微笑。但是她没有微笑，脸上始终保持严肃的表情。

当他们走到彼此面前，相视而立时，她抓住他的手。"来吧！"她带着他走进她住的房子，走上楼梯，进入卧室。她褪去衣服，躺上床，看着他脱去衣服，躺上床。"我等你已经等很长时间了。"

七

　　这就是她对他的爱。仿佛寻觅了很久，发现于蓦然回首之际；仿佛她和他的爱顺理成章，情理之中。

　　她接纳了他，他接受了事情的发生。他没有问自己：我表现如何？他没有问她：我刚才表现如何？一切结束后，两人相依而卧。这个时候他知道，自己爱上了这个女人。这个女人，身材娇小，小眼睛，方下巴，皮肤白皙，长相比以往自己爱过的所有女人都男孩子气；这个女人，拥有一般人如果失去了对自己宠爱有加的父母、被推给了不喜欢孩子的婶婶而通常不会拥有的那种安全感；这个女人，钱似乎已经多到了不能给她带来好处的地步；这个女人，在他身上看到了他自己未曾发现的东西，并以这种方式把她的发现赋予了他。

　　他爱上了一个女人，而且还是他的第一次。爱情应当是怎么一回事，仿佛从来就没有人给他演示过。他们仿佛是一对来自十九世纪的恋人，没有电影和电视用画面给他们演示过，应当怎么亲吻，应当怎么呻吟，应当怎么用脸去表现激情，应当怎么用身体抽动去表现高潮。一对只为自己发明了爱情、亲吻和呻吟的恋人。苏珊似乎从来不闭眼。他看她的时候，她都在看着他。他爱她的那种眼神，那么的忘我，那么的充满信任。

她撑起身体，笑盈盈地看着他。"当时你在餐馆有些不知所措，幸好我朝你笑了。开始时我想，这样没必要，因为我想你肯定会直截了当地朝我走过来。"

他笑了，笑得很开心。他们没有把第一次在餐馆相遇时的磕磕碰碰看做是一种警告，而是看做一种缩手缩脚，一种可以一笑泯之的缩手缩脚。

他们在床上待了一整天。直到晚上，他才从车库开出苏珊的车，一辆保养得很好的老款宝马，在夜色中冒雨开往一间超市。超市的光线明晃晃的，里面弥漫着化学清洁剂的味道，音乐是电子合成的。寥寥可数的几个顾客，神情疲倦，推着购物车，在空荡荡的过道上走动。"我们真应当继续待在床上。"她对他咬着耳朵说。看见她和自己一样，对这里的光线、气味和音乐也很反感，他深感欣慰。她叹息，呵呵笑，拿取商品。很快，购物车装满了。他时不时也往车里放点东西，苹果、煎饼、葡萄酒什么的。结账时，他刷卡付款。他知道，下个月，他将第一次无法支付账单。他为此有些忐忑，同时也觉得自己荒唐，竟然在这样的日子为信

24

用卡透支这种不足挂齿的小事忐忑。于是他一不做二不休，干脆在旁边的葡萄酒店买了三瓶香槟。

在回去的路上，她问："要不要把你的东西拿过来？"

"琳达和约翰可能已经睡了，不用把他们吵醒了。"

苏珊点头表示赞同。她开得很快，很有把握。在弯道上可以看出来，她对路和车都非常熟悉。"你是开这辆车从洛杉矶过来的吗？"

"不是的。这辆车平常就放在这里。克拉克负责照看房子、院子，还有这辆车。"

"你有客人的时候，会住到大房子里？"

"你想明天我们搬过去吗？"

"我不知道。我是说……"

"我一个人住太大。但是和你在一起会很有意思。我们可以在书房看书，在台球室打球，你可以在乐房练长笛。我会让人在小客厅安排早餐，在大客厅布置晚餐。"她说话的语气越来越快活，同时也越来越坚定。"我们在大卧室睡觉，我爷爷奶奶和爸爸妈妈都在那儿睡过。或者我们也可以在我的房间睡觉，我还是小姑娘的时候，就在那张床上梦想我的白马王子。"

借着仪表盘闷闷的光线，他看着她微笑的脸庞。苏珊已经沉浸于回忆之中。他们认识以来，她这是第一次距离他非常遥远。

理查德想问她，那个时候哪个电影明星或歌星是她的梦中情人，他想知道她生活中的所有男人，想听她说，其他所有男人都是先知，唯有他才是救世主。但是很快，为其他男人烦恼和透支信用卡一样，让他感到自己心胸过于狭窄。他觉得有些倦了，于是把头靠在苏珊的肩上。她用左手轻抚他的头，让他的头紧紧靠在自己的肩头。他进入了梦乡。

八

在接下来的几天，他陆续知道了苏珊生活中的其他男人。他还知道，她渴望有孩子，而且至少是两个，最理想是四个。她和丈夫开始是怀孕不成，后来不再爱他，和他离了婚。他还知道，她在一所学院学过艺术史，上过商学院，重组过一家铁路模型公司。这家公司是她父亲遗产的一部分。她现在已经把这家公司连同其他公司全部出售掉了。他还知道，她在曼哈顿有一套房子，因为打算从洛杉矶搬到纽约，所以目前正在翻修。此外他还知道了，她四十一岁，比他大两岁。

苏珊所讲述的生活，如涓涓细流，最终都汇总编织成一个共同未来的人生规划。她描述在纽约的房子：宽敞的楼梯，从位于六楼的套房一层通向七楼的二层，宽敞的过道，宽敞的房间，厨房配有送餐电梯，从房间俯瞰公园，景色尽收眼底。她在那里长大，一直生活到父母去世，婶婶把她接到了圣巴巴拉市。"我坐在楼梯扶手上往下滑，在过道里溜旱冰，把自己塞进送餐电梯，一直塞到六岁。在窗前，我能看到树梢的摇曳和舞动。那套房子你一定要亲眼看一看!"但是这次没办法给他看，因为她要从海角飞洛杉矶，张罗给基金会和自己搬家。"你想见见那个设计师吗？现在改设计还来得及。"

当年趁着经济危机，她爷爷以十分低廉的价格，买下的不仅仅是这两层楼的套房，而是第五大街的整栋楼，还有海角和阿迪朗达克山脉的房产和田产。"那些地方我也要好好收拾一下。你喜欢搞设计吗？喜欢盖房子、翻修和装修吗？他们已经把设计图给我了。想和我一块儿看看吗？"

她讲给他听，一对恩爱夫妻，多少年来一直想要个孩子，始终没有结果，因此去了受孕农场度假。农场给他们规定了饮食起居，从什么时候睡觉，到做操、吃饭，甚至还规定了什么时候做爱。她觉得这样挺有意思，但是也有一点点担心。"我看书上说，你们欧洲人不这样。你们把生活看做是命运，人是无力改变的。"

"是的。"他说，"但是如果命运注定我们要打死我们的父亲，和我们的母亲上床，那么没有什么东西会阻止我们奋起反抗的。"

她笑了。"那你们肯定不会反对受孕农场。就算它对你们的前世注定没有任何帮助，那么至少也不会有什么危害。"她略表歉意地耸了一下肩。"当时这么做，只是因为和罗伯特怀不上。也许原因压根儿就不在我这儿，也许在他那儿，我们没有做过检查。

不过自那以后，我始终有点害怕。"

他点了点头。他也有些害怕。不过他害怕的是至少两个最多四个孩子；害怕的是苏珊在受孕农场用规定的饮食，在规定的时间做爱；害怕的是生物钟的滴答作响，直到第四个孩子问世，或者再也没有能力生育；害怕的是苏珊和他做爱时的投入和激情都不是给他的。

"你没有必要害怕。我只是告诉你我在想什么，并不意味着是我的最后决定。你说话很字斟句酌。"

"这也是欧洲人的风格吧。"他不想谈论自己的害怕。她说得有道理，他说话字斟句酌，而她想到哪儿说哪儿，说的都是当下的感受。不可能的，她不可能要安排和他一道去受孕农场过日子。但是她要设计和他的未来。然而即便他也这么想，而且想法越来越强烈，也是不现实的，因为他所能带来的远远比不上她，他没有公寓，没有别墅，没有资产。如果和他相爱的是第二小提琴区第一谱架前的女人，他就会和她共同去找房子，共同决定把她的哪些家具和他的哪些家具搬进新居，应当去宜家买家具还是去旧货市场淘家具。他知道，用他的东西来布置一两个房间，苏珊肯定不会有意见。但是他同时也知道，这样做不合适。

她家里那么多家具，肯定也有谱架，他可以带上自己的长笛、曲谱，用她的谱架练习。他可以用她的书橱放他的书，用她父亲的文件柜放他的资料，用她父亲的写字台写信。他的衣服最好挂在她这套乡间别墅的衣柜里，在城里穿这些衣服伴随在她左右太不像样。她肯定会心甘情愿地、凭借自己的时尚审美，给他买新衣服。

他练得很勤。大部分情况下，用他的话来说，是干练，也就是空手练，练习弯曲和伸直手指。不过有时也用笛子练。笛子从来没有像现在这样，成为了他身体的一部分。笛子是属于他的，是他的价值，他用它创作音乐，用它挣钱，他带它去五湖四海，带它四海为家。他用它给苏珊献上任何人都演奏不出的曲子。每当他即兴演奏时，总能找到和他们的情绪丝丝入扣的曲调。

九

大别墅中，她最喜欢那间角屋。一溜排开的落地窗，天好的时候可以朝边上推开，遇到坏天气则可以放下卷帘。下雨的时候，他们虽然不能到海滩散步，但是仍然能感觉到，大海、浪花、海鸥，还有偶尔驶过的轮船，仿佛就在他们身边。在海滩，凉凉的雨水抽打在脸上，生出一丝丝刺痛。

角屋摆设的是清一色的藤条家具，躺椅、沙发、桌子，硬硬的编织藤条上包覆有软垫。她带着他参观房间，看见躺椅的宽度只够一个人，他叹了一口气："可惜。"两天后，他们在小客厅用早餐时，一辆卡车停在门前，两个身穿蓝色套头工作服的工人将一个双人躺椅抬进房间。新躺椅和其他家具十分般配，上面的花纹图饰和其他家具完全一样。

因为天气的原因，日子过得没有什么变化。雨一天接一天不停地下，有的时候升级成暴雨，有的时候会停上几个小时或几分钟。天空偶尔会撕开一个口子，房顶便反射出熠熠的光亮。如果天气允许，苏珊和理查德会到沙滩上散步，如果储备用完了，他们会开车到超市，除此以外就是整天待在大别墅里。从小房子搬到大别墅时，苏珊给克拉克的太太米塔打电话，要她每天过来几个小时，打扫卫生、洗衣服、做饭。米塔做事隐秘，理查德过了好几天才和她第一次打了个照面。

　　有一天，他们邀请琳达和约翰过来吃晚饭。苏珊和理查德自己做，但是他们对烹饪一窍不通，费了很大的劲研究烹饪书。不过最后他们还是成功将土豆烧牛排和色拉端上了桌。两人合作，携手克服险情，感觉不错。除此以外，他们再也没有邀请过其他人，也没有外出做客。"将来有的是时间看朋友。"

　　夜色降临，他们做爱。他们喜欢夜色，等天色完全暗下来，他们点上蜡烛。他们爱得很安静。理查德时常问自己，如果我剥光她的衣服，剥光自己的衣服，扑到她身上，和她翻云覆雨，这样她会不会更幸福一些？不行，他做不到，她好像也不特别渴望。我们不是野猫，他心想，我们是家猫。

　　直到有一天，他们发生了争吵，一次剧烈的争吵，第一次，也是唯一的一次。他们要去超市。就在要出发的时候，突然有一个电话打来。理查德坐在车上等。电话没完没了。她没打招呼，就这么让他等着。是把他忘记了，还是压根儿就没把他当回事？理查德生气了。他下车，走进房间。她正把话筒放到电话机上。

他咆哮道："这就是我对你的期望吗？你的事重要，难道我的事就不重要？你的时间宝贵，我的时间就不值一文？"

她开始没有反应过来。"洛杉矶来电话，董事会……"

"你为什么不和我说一声？为什么让我等了这么……"

"不好意思，让你等了几分钟。我以为一个欧洲男人和一个女人……"

"又是欧洲人！我讨厌听你这么说。我在外面等了足足有半个小时……"

这下轮到她发火了。"半个小时？不就是几分钟吗！如果你觉得时间太长，可以进屋、看报纸。没必要这么虚张声势……"

"虚张声势？我？我们当中谁……"

她指责他大惊小怪，不可理喻，而且过分夸张。不错，他一无所有，她要什么有什么，但他只是觉得，自己和她是一样的人，不是什么都不是，他不明白，这有什么不可理喻，这又有什么过分夸张。她也不明白，他为什么会产生这种奇怪的想法，觉得自己什么都不是。最后，两人吵了起来，火气很大，而且都很绝望。

"我恨你！"她边说边逼到他的跟前。他往后退一步，她就往前顶一步。直到他退到墙边，无路可退。她开始用拳头捶打他的胸脯，不住地捶，直到他张开双臂，把她紧紧地拥在怀里。她开始是想解开他衬衫的扣子，但是却一把把扣子全部扯开了。他想脱掉她的牛仔裤，她也想脱掉他的牛仔裤，但是太费力，而且太慢，于是他们干脆自己脱自己的，飞速脱掉牛仔裤和内裤，还有袜子，直接就在过道的地上做起爱来，气喘吁吁，迫不及待，激情投入。

之后，他仰面躺在地上，她身体半躺在他的手臂上，半躺在他的胸脯上。"你不恨我。"他说，然后快活地笑了。她动了动身体，晃了晃头，耸了耸肩，然后更亲密地依偎在他身上。他发现，她和他不一样，她没有把争吵的激情带入到做爱的激情中。她撕扯开他的衬衫，不是为了抚摸他的胸膛，而是为了找寻他的心。她激情的目的是重回在吵架中失去的宁静和祥和。

他们开车去超市。苏珊将购物车装得满满的，仿佛他们还要待上好几个星期。在往回开的路上，阳光透过云缝洒落下来，于是他们在下一条街拐弯向海边驶去。他们没有朝外海的方向开，而是选择了海湾。海水很平静，空气很清新。他们眺望海角和海湾的对岸。

"我很喜欢雷雨前的景象，可以看得很远，而且轮廓非常清晰。"

"雷雨?"

"是的。我不知道是什么让空气变得这么清爽，是湿气还是电离子? 但这肯定是雷雨前的空气。很有欺骗性。给你一个好天气的假象，但是真正带给你的却是一场暴雨。"

"我刚才对你态度不好，请你原谅。岂止是态度不好，我冲你吼叫、咆哮。我真心地感到抱歉。"

他等着她说什么。但是她什么也没说。他看见她哭了，一时惊诧得呆立在那儿，不知如何是好。她抬起被泪水浸湿的脸，用手臂围住他的脖子。"还从来没有人对我说过这么动听的话，因为自己对我所说的话而感到抱歉。我也很抱歉。我也吼了，而且还骂了你，打了你。我们再也不这样了，听着，再也不这样了。"

十

最后一天终于还是到了。她是四点半的飞机,他是五点半的飞机。他们平静地吃早餐,而且是第一次在别墅的露台上。阳光暖洋洋的,仿佛雨水和寒冷不过是夏天染上的一场小病,眼下已经全然恢复了。他们又去了海滩散步。

"只是几个星期。"

"我知道。"

"明天别忘了和设计师谈装潢。"

"不会忘记。"

"没忘了席梦思吧?"

"都记着呢。要买席梦思、纸板家具、塑料餐具。有时间我会去你存放家具的地方,看看你父母的东西中有没有我喜欢的。我们一块儿来布置,一件一件地布置。我爱你。"

"第一天我们就是在这里相遇的。"

"是的,去的路上在这里,回来的路上在那里。"

他们回忆第一次相遇的情形，觉得那一次相遇相当不可思议，因为就他而言，他不是没有可能走那个方向，就她而言，她不是没有可能走另外一个方向，另外那天晚上在海鲜餐厅，如果她没有对他微笑的话，不，如果他没有朝她的方向看过去的话，如果她没有发现他的话，不，如果他没有发现她的话，那么他们就失之交臂了。

"要不要先收拾行李，然后把角屋的窗户推开？我们还有几个小时的时间。"

"你不用全收拾，把夏天和沙滩用的东西留在这里，这样它们就会期待你来年再来了。"

他点点头。虽然琳达和约翰把他预付的钱退给了他一部分，他的信用卡还是严重透支了。把东西留在这里，到纽约再买新的，这样又要欠一笔钱，不过这种想法现在已经不再令他提心吊胆了。相信一个人超出自己的经济水平去恋爱，情况都会这样。走一步算一步吧，办法总会有的。

一旦把收拾好的旅行袋放在门口，房子便生了一丝陌生的感觉。他们踏着上上下下已经很多次的楼梯往上走，不过这一次的脚步徐缓了许多，说话的声音也轻了许多。

他们把窗户朝边上推开，聆听海洋的涛声和海鸥的叫声。阳光依旧还很明亮，但是理查德却从卧室拿了一条被单，铺在双人躺椅上。

"来!"

他们脱去衣服，钻到被单下。

"没有你，我怎么睡?"

"没有你，我怎么睡?"

"你真的不能和我一块儿去洛杉矶吗?"

"我有排练。你不能和我去纽约吗?"

她笑了。"你想要我买下交响乐团? 然后你负责排练?"

"交响乐团不是说买就能买下的。"

"要我打电话吗?"

"不要。"

他们害怕分别。但与此同时，即将到来的分别又让他们感到了一种奇特的轻松。此时此刻，他们已经不再身处共同的生活中，但也还没有进入自己的生活，他们处于一种真空状态。他们做爱时也是这种感觉，开始时有些不好意思，缩手缩脚，但再往下，便完全放开了。她看他的眼神依旧是那样，那么的忘我，那么的充满信任。

他们开苏珊的车去机场。克拉克会到机场取车，开回去。他们相互告诉什么时候谁在什么地方，什么时候在什么地方可以电话联系，就好像他们没有手机，不能随时随刻找到对方。他们相互描述，在下一次见面前，每天、每周都会干些什么，他们甚至还调侃，将来要共同做点这个，做点那个。离机场越近，理查德内心的一种欲望就越强烈，他一定要在分别的时候说点什么，让这句话永远陪伴她。但是他不知道该说什么，只是一个劲儿地说："我爱你，我爱你。"

十一

　　他多么想在飞机上再看一眼沙滩和住过的房子。但是它们在北面，而飞机是朝西南方向飞。他俯瞰海洋和岛屿，接着出现在下方的是长岛，最后是曼哈顿。接着飞机转了一个大弯，飞到哈得孙的上空。他认出了下方的教堂。教堂到他住的地方只有几步远。

　　刚搬到这个街区时，他很难习惯这里的一切。环境嘈杂，晚上回家时，总会有一些摆酷的、粗野的半大孩子，或坐在楼前的台阶上，或靠在台阶的扶手上，抽烟，喝酒，把音乐放得隆隆响。每次从他们身旁走过，他心里总有不安的感觉。有的时候他们会冲他说点什么，但是他不清楚他们究竟要干什么，他们为什么那么咄咄逼人地看着他，站在上面朝他嬉皮笑脸。他们有一次甚至堵住了他的路，要他的笛子盒。他以为他们要抢笛子，但是没想到他们只是想看一下笛子，想听他吹笛子。他们关掉音乐。突然出现的安静让他们一时感到很不适应。他也感到不适应，而且还有点害怕，所以笛子开始吹得没有底气，不过慢慢地，他吹出了勇气，吹得放开了。孩子们嘴里跟着曲调哼唱，手上跟着节奏拍巴掌。一曲终了，他甚至还和他们一块儿喝了一杯啤酒。从那以后，他们见到他总向他问好，打招呼不是用"嘿，管子"，就是用"哈罗，笛子"。他也向他们问候，慢慢地也都知道了他们的名字。

他的屋子也很嘈杂，在屋里能听到邻居吵架、打架、做爱，甚至能知道他们喜欢看什么电视节目，喜欢听哪个广播。有一天夜里，他听到楼里响了一声枪声，接下来的几天，他在楼梯间看每个人都觉得可疑。只要有邻居邀请他聚会，他就会绞尽脑汁给每个人按照听到的声音归类：那个两片薄嘴唇的女人，一定是尖嗓门儿的那个；那个满身刺青的男人，一定是家庭暴力的那个；那个圆滚滚的女孩子还有她的男朋友，一定就是做爱声嘶力竭的那对。作为礼尚往来，他每年也搞个小聚会，把街坊邻居都邀请过来。原本见面咬牙切齿的邻居冲他的面子，也都能相安无事。大家从来没为他的笛声动过怒。他一大清早练，甚至晚上也练，假如他深更半夜吹曲子，相信也不会有人嫌吵。而他自己睡觉的时候，耳朵则总塞着耳塞。

住了几年下来，街区的面貌慢慢发生了变化。年轻的情侣们将破旧不堪的老房子修葺一新，把空置的店铺改造成了餐馆。这里的邻居开始有了医生、律师、银行家。理查德可以把来家做客的人请出去吃一顿像样的晚餐。他住的这栋楼的房东则一如既往，面孔依旧。这栋房子属于一笔集体遗产，房东们各人有各人的考虑，因此房子既不能出手卖掉，也不会发生任何变化。不过他已经喜欢上了这种状态，喜欢上了这里的嘈杂。因为这里的一切让他感觉到自己是生活在一个活生生的世界，而不是仅仅生活在一个由财富堆积出的无人区。

他发现，在给苏珊描述自己最近几天和几周的生活时，他略去了第二双簧管手。他们每周聚一次，在街角的意大利餐厅吃晚饭，谈作为欧洲人在美国的生活，职业的憧憬和失望，乐团里的闲言碎语，还有女人。双簧管手是维也纳人，觉得美国的女人很难相处，理查德在此行之前一直也是这么认为的。他还略去了那个露宿楼前屋檐下的老大爷，他晚上有的时候会上他这儿来，下上几盘棋。老大爷下棋很有思路，而且很有城府，因此理查德虽然一输再输，但是输得心服口服。还有那个玛丽娅他也没有讲给苏珊听，玛丽娅是街边孩子帮中的一个女孩子，她不知从哪儿弄来一根笛子，要他教她怎么吹，手怎么把位，怎么看乐谱。完了之后，她不仅拥抱了他，还把嘴唇贴在了他的嘴唇上，把身体紧紧按在了他的身体上。那个住在下一条街的萨尔瓦多流亡教师开的西班牙语课他也没有说，没有讲给苏珊听的还有那个满屋子霉味、但他却觉得很舒畅的健身中心。他只给苏珊讲了他们的排练和演出，经常和他一块儿练习的笛子手，讲了婶婶的几个孩子，婶婶是在战后和一个美国兵移民到了新泽西，他讲了自己在学西班牙语，但是没讲和谁学，他讲了自己去健身中心，但是没讲健身中心在哪儿。他并没有真心想向她隐瞒什么，一切都是自然而然的。

十二

出租车把他放在楼前。天挺暖和的。妈妈们带着婴儿坐在台阶上，孩子们借用路边的汽车玩躲猫猫。老头子们打开折叠椅，手上是随身带着的啤酒，几个男孩子在学大人的样儿走路，装大男人，几个少女看着他们，咻咻地笑。"哈罗，笛子，"一个邻居招呼他，"旅行回来啦?"

理查德顺着街朝上看了看，又顺着街朝下看了看，他把旅行袋放在脚边，双臂撑膝，这就是他的世界：街道，街边的房子，有的漂亮，有的破旧，一个拐角是他和双簧管手经常吃晚饭的那家意大利餐厅，另一个拐角沿街排开的有食品店、书报亭，还有那个健身中心，房顶上矗立的是教堂的塔楼，教堂旁边就住着他的西班牙语老师。对这个世界，他不仅习惯了，甚至还爱上了。自从来了纽约，他没有和一个女人保持过真心实意的关系。妨碍他发展这种关系的，是他的工作，朋友，住在这条街上、住在这栋楼里的街坊邻居，日复一日的采购、健身和总是那几家餐馆的饭菜。早晨取报纸，花个两三句话的工夫同书报亭小老板埃米尔谈论一下天气，然后在咖啡馆看报纸，然后早餐端上来了，这里的服务员都知道，他的早餐是小葱煎鸡蛋，餐具要用玻璃盘，主食是烤黑麦面包，然后练上几个小时的笛子，然后打扫房间或洗衣服，然后到健身中心健身，然后给玛丽娅上一会儿家教，然后让她拥抱一下，然后到意大利餐厅去吃一盘肉酱面，然后下上一盘棋，然后上床睡觉。这一天就算是完美了。

他站在楼前，仰望自己的窗户。铁线莲在盛开。也许玛丽娅真的浇了水。他养铁线莲开始只是窗台上的几个小花槽，如今已经长满了很多窗户。玛丽娅有没有看看在破水管下面接水的那个水桶？他一定要找人修一修，这次度假前没来得及。

他站直身，想要上楼，但是一转念又坐了下来。从信箱里取出信件，上楼梯，开房门，给房间开窗户透气，把旅行包里的东西掏出来，看信件，回复几封电子邮件，然后冲个热水澡，把穿过的脏衣服扔到洗衣篮里，从衣柜里取出干净的衣服，在电话留言中听到双簧管手的问题，问今天晚上要不要见个面，回复电话，说可以见面。一旦重新进入了这种老一套的生活，他就很难摆脱了。

他是怎么设想的？带着这种老一套的生活进入和苏珊的二人世界？一个星期开车去几次健身中心，开车去上西班牙语课？在路上偶然遇上玛丽娅和那些孩子？住在同一栋楼的那个老人有时会叫上一辆出租车，去第五大街的那套两层房子，和他在客厅里，在一幅格哈德·里希特真品下，下上一盘棋？和他一块儿在东区的餐馆吃饭，双簧管手会开心吗？他的生活中很多不能带入到和苏珊的二人世界中的东西，他都没有讲给她听，这样做不是没有道理。他不想面对这么一种处境，为新的生活而不得不放弃老的生活。

该怎么办呢？他爱苏珊。在海角的那几天，他有了她，他的生活是完美的。他也想在这里有她，这样，这里的生活也是完美的。他们在海角的日子过得之所以那么美好，原因不单单是海角远离他自己原有的生活。他原有的生活在这里不可能隔开他们，因为它存在于距离实实在在的新生活只有几英里远的地方。

但也还是有可能的。因此他不能上楼，必须离开这里，将原有的生活抛到脑后，动身奔赴新的生活，以这里为起点，立即动身，找一个旅馆，或者在苏珊的房子里，在刷墙用的梯子和涂料桶之间打地铺。让人清理他的房间，把他的东西送过来。但是找旅馆和搬到苏珊那儿去住的想法让他觉得不自在。他忽然觉得自己还没有动身就已经开始想家了。

多么希望能和苏珊继续待在海角！多么希望她的房子已经装修完毕！多么希望她能到这里来！但愿自己的住房被闪电击中，

燃起熊熊大火！

他在内心和自己打了一个赌。如果在接下来的十分钟内有人走进他住的房子，他就跟着走进去。如果没有，他就拎上自己的旅行袋，在东区找一个旅馆住进去。十五分钟过去了，没有人走进房子，但是他仍然坐在台阶上没有动身。他又试了一次，又打了一个赌，如果在接下来的十五分钟内，有一辆空的出租车在街上驶过，他就会叫上这辆车，驶往东区的某一个旅馆。如果没有空出租车驶过，他就上楼回自己的家。仅仅过了一分钟，就有一辆空出租车开了过来，他没有叫停它，但是也没有上楼。

他承认，单靠他自己，他做不了决定。他也愿意向苏珊承认这一点，他需要她的帮助。她应当到他这儿来，待在他这儿。帮助他清理他的住房，她应当和他一块儿布置那套新的房子。她可以在收拾完后到洛杉矶去。他拨通她的电话。她正坐在波士顿机场的头等舱候机室，正准备启程。

"我马上登机去洛杉矶。"

"我需要你。"

"我也需要你，亲爱的。我非常想你。"

"我不是这个意思，我真的需要你。我以前的生活，我们的新生活，我不知道该怎么应付。你一定要来一下，然后再去洛杉矶。求你了！"电话里传出沙沙声。"苏珊，能听到我吗？"

"我正在朝登机口走。你来洛杉矶吗?"

"不,苏珊,我不去洛杉矶,你到纽约来,我求你了。"

"我很想到你那儿去,我很想和你在一起。"他听见有人让她出示登机牌。"也许我们可以在下周末见面,我们电话联系。我现在要登机了,就剩我一人了。我爱你。"

"苏珊!"

她挂了电话。他再次拨通时,电话已经转到了语音信箱。

十三

天黑了。邻居坐了过来。"有问题?"

理查德点点头。

"因为女人?"

理查德笑了,又点了点头。

"可以理解。"邻居说完站起身,走了。过了少许时间,他又回来了,把一瓶啤酒放在理查德的身边,把手搭在他的肩膀上,说:"喝酒!"

理查德喝着酒,注视着街上的车来人往;注视着几栋房子远的那些孩子,他们在抽烟,喝酒,把音乐放得隆隆响;注视着那个在楼梯的阴暗处交易的毒品贩子,他一言不发地递过去一个折叠信封,又一言不发地把钞票塞进口袋;注视着过道里的那对情侣;注视着那个老大爷,就是那个总是最后也不把折叠椅收起来,就那么扛上楼,而且有时也会从冰箱拿一听啤酒出来的老大爷。天依然挺暖和的,空气中没有在夏末的夜晚预示秋季即将来临的那种凉意，相反，预示的是夏天将缓缓地、温和地退场。

理查德累了。不过他还是感觉到，自己必须在老的生活和新的生活之间做一个了断，自己只需要有合适的念头，或者有必要的勇气，就能自然而然地站起身，或上楼回自己的家，或乘车离开这里。

为什么一定要在今天乘出租车到东区找一个旅馆？为什么不能明天？为什么不能在新的生活开始之前，先保留一段时间老的生活呢？如果过了几个星期，自己没有做到脱离老的生活，进入新的生活，那岂不是要让世人耻笑？其实要想做，现在就能做到，就看是不是非要这么做不可。但不是非要不可。此外，如果他现在就走，明天还可以再回来，没有什么可以阻挡他。但是如果再晚些走，他可能就不会再回来了。和苏珊的新的生活就会把他留住了。

现在的关键是他的决定。他主意已定。放弃老的生活，和苏珊携手开始新的生活。只要能开始，马上就开始。但是他现在开始不了。他要等到水到渠成的时候再开始。他要这么做，因为主意已定。他会做的。但不是现在。

他站起身，四肢酸痛。他活动筋骨，环顾四周。孩子们已经回家，可能在看电视，可能在打游戏，也可能已经睡了。街道空荡荡的。

理查德拎起旅行袋，打开大门，从信箱里取出信件，上楼，打开房门。他穿过房间，打开窗户。在破水管下面接水的水桶几乎是空的。桌子上有一束紫苑。肯定是玛丽娅送的。双簧管手在电话上留言，问今晚能不能见面。西班牙语老师从墨西哥的瑜伽假期中给他寄来明信片，向他表示问候。理查德打开电脑，紧接着又关机。电子邮件可以等一等。他打开旅行袋，脱掉衣服，把脏衣服扔进洗衣篮。

　　他在房间里赤裸着身体，侧耳倾听楼房的嘈杂。旁边的邻居很安静，楼上在轻轻地放电视。楼下的某个地方在吵架，声音时高时低，直到传来砰砰的关门声。几个窗户传来嗡嗡的空调声。整栋楼都睡了。

　　理查德关上灯，躺到床上。入睡前，他在想苏珊，她站在登机的舷梯上，在笑，在哭。

巴登-巴登的夜晚

一

　　他带特蕾丝一块儿去。因为这是她的愿望。因为她很高兴能一块儿去。因为在高兴的时候，她是一个令人愉快的伴侣。因为没有说得过去的理由不带她一块儿去。

　　这是他处女作的首场演出。他的位置被安排在包厢。演出结束后，他必须上台，同演员和导演一起，接受观众的喝彩或喝倒彩。虽然他认为，观众不应当对他喝倒彩，因为演出不是由他执导的。他毕竟还是非常希望能站在舞台上，接受观众的喝彩。

　　他在布伦纳公园温泉酒店预订了一个双人间。这个酒店他以前从来没住过。他期盼享受客房和浴室的奢华，还期盼在首演前，能在酒店的花园漫步，坐在酒店的露台上品尝格雷伯爵茶和总会三明治。他们中午刚过便动身了，虽然是星期五，但是高速公路却很通畅，下午四点便到达了巴登-巴登。她和他先后在配镀金水龙头的浴缸里泡了澡。之后，他们在花园漫步，在酒店露台上品尝格雷伯爵茶和总会三明治，甚至还喝了香槟。两人在一起总是很放松，很舒心。

不过她对他的期望总是高于他对她的期望，而且总是高于他的胜任能力。正是这个原因，有整整一年的时间，她不想见他了，但是又怀念他们一起看电影、看戏和用餐的那些夜晚。每次想到在门口用匆匆一个吻来结束晚上的相聚，她就特别满足。有的时候，她在电影院会依偎在他的怀里；有的时候，他会用手臂拥住她的肩头；有的时候，她走路会挽着他的手；有的时候，他会紧紧攥住她的手。她会不会把这看做是关系可以进一步发展的承诺？他不想把这些弄得太清楚。

他们步入剧场，导演向他们表示欢迎，把他们介绍给演员，然后引领他们走进包厢。幕布升起。他认不出自己的作品了。一个在逃的恐怖分子在一个夜晚跑到了他父母、姐姐和哥哥的家，这个夜晚到舞台上变成了一出荒诞剧，所有的角色都变得滑稽可笑，恐怖分子满嘴大话，父母虽然正义，但是胆小怕事，哥哥利欲熏心，姐姐满口仁义道德。不过效果不错。演出结束后，他稍稍犹豫了一下，最终还是登上舞台，同演员和导演一起，接受观众的喝彩。

特蕾丝没有看过他的原作，因此对他的大获成功感到异常的欣喜。这令他感到很舒坦。演出结束后吃饭的时候，她一直温情地看着他。他和人交往总是有些不大自在，但是这一次，他觉得自己放开了。他发现，导演不是把他的作品改编成了荒诞剧，而是认为这就是一出荒诞剧。他是不是应当接受这样的事实，自己可能不知道，也可能不情愿，但是写出来的就是一出荒诞剧呢？

他们兴高采烈地回到酒店。房间已经开好了夜房，窗帘已经拉上，床也已经铺好。他要了半瓶香槟。他们穿着睡袍坐在沙发上。香槟酒瓶在他的手上发出砰然的声响。无话可说，但是没有关系。五斗橱上有一台 CD 机，旁边摆着几张 CD，其中一张是法国手风琴音乐。她依偎在他的身上，他用手臂搂住她的肩。音乐放完了，香槟喝完了。他们上床，匆匆吻了一下，然后背对背躺下。

第二天，他们没有急着回家，而是参观巴登-巴登的艺术馆，在葡萄酒庄园品尝葡萄酒，到海德堡登城堡。又是一次轻松的相聚。但是摸到裤子口袋里的手机时，他心里有些发怵。手机是关着的。上面会留下哪些消息呢？

二

晚上回到家后，他确认，手机上什么消息也没有。女友安娜没有给他发短信。打过来的电话中有没有她的，他看不出来。也许那个隐身的电话是她的，也说不定不是的。

他打电话给她，为昨晚没能从酒店给她去电话表示歉意。到酒店已经很晚了，而今天早上动身又太早，早得不忍心打扰她，然后又把电话忘在家里了。"你有没有打电话找我？"

"几个星期以来，这是第一个晚上我们没有打电话。我想你。"

"我也想你。"

这是真心话。昨天晚上让人感到挺虚假的。两人虽然共枕一床，亲近却令人感到疏远。尽管爱、欲、对温存的渴望或对孤独的恐惧刺激出了他们的亲近，但不是那种发自内心的亲近。和安娜共枕一床，和她共度一夜，那样的感觉才是真切的。

"你什么时候来？"她问道。温柔，但却不容回绝。

"我以为是你到我这儿来。"她难道不是答应过，剑桥的课上完后，到他这儿来住几个星期吗？对即将到来的这几个星期，他是既有期待，也有担心。

"是的，但是还要等四个星期呢。"

"我争取下下个周末到你那儿去。"

她沉默了。当他问下下个周末她是不是不方便时，她说："你的声音不一样。"

"不一样?"

"和往常不一样。有什么不对头吗?"

"没有啊。可能是首演结束后庆祝得久了点，睡得太晚了，又起得太早了。"

"你这一天是怎么过的?"

"在海德堡考察了一下。有一个情节想安排在海德堡。"他一时没有找到更好的理由。这一下非得把下一个剧本的某个场景放在海德堡了。

她再一次沉默了。过了好一会儿，她才说："这样对我们不好，你在一个地方，我在一个地方。你为什么不能在我上课这段时间到这儿来写作?"

"没办法，安娜，实在做不到。我要和康斯坦茨剧院经理见面，要和戏剧出版社社长见面，再说我还答应斯泰芬，帮助他竞选。你以为我的工作和你不一样，可以自由安排。但是也不是所有的事情想搁就搁，想撂就撂。"他有些生她的气。

"竞选……"

"没人逼你……"他本来想说，没人逼她去剑桥上课，但是她研究的课题是妇女权益，领域窄，不可能得到固定的职位，只能是一些签约课程。其实她完全可以拓展研究课题，可是她不想涉足新的领域。从她得到的教学委托来看，需求还是有的，而且她干得也不错。不能这么说，他不想做得太过分。"我们应当好好计划，应当告诉对方自己有什么计划，应当相互协商，哪些项目可以接，哪些应当回绝。"

"你星期三能来吗?"

"我争取吧。"

"我爱你。"

"我也爱你。"

三

　　他内心不安。他骗了她，生了她的气，对她有些过分了。因此，电话终于打完的时候，他松了口气。他走到阳台上，感受城市夏日的温暖和宁静。他坐下来，阳台下的街道上不时有汽车驶过，有时还有脚步声传上来。他内心还有一层愧疚，因为没有给特蕾丝打电话，问她旅途的情况，问她是否顺利到家。

　　但是接下来，他不觉得有什么愧疚了，因为一来他不欠特蕾丝什么，二来既然向安娜隐瞒，就必须隐瞒到底，她很容易吃醋，而且反应过激。以前的那些女朋友，如果听说他在旅行或访问途中和其他女人上床，如果只是上床，她们都不会特别在意。而要是发生在安娜身上，她一定会大吵大闹。她为什么要为了其他的女人掀桌子扔板凳呢！最让他恼火的是，她指责他，说他只为自己制定生活法则，难道她不是也一定要遵循她的职业法则吗？他选择自己的路，她不是也选择了自己的路吗？两人不是一样吗！

　　他刚为打完电话松了口气，接着又进入了期待下一个电话的状态中。他们认识、相爱已经七年了，但是到现在也没能赋予二人世界一种可靠的形式。安娜在阿姆斯特丹有一套房子，还有一份讲学的签约合同，但是单靠这份合同不足以维持生活，因此会随时搁下这份合同，到英国、美国、加拿大、澳大利亚或者新西兰去讲课。遇到这种情况，他会到那些国家去，和她相聚，有时待的时间长些，有时短些。讲学间歇，她会到法兰克福在他那儿住上几天或几个星期，或者他到阿姆斯特丹在她那儿住上几天或几个月。在法兰克福，他觉得她太讲究，她觉得他太小气。在阿姆斯特丹期间，气氛则会少一些紧张，可能是因为她比他大方，也可能是因为他没她那么张扬。一年中，他们共同生活的日子不会少于四个月。在其他时间，安娜居无定所，过的是一种由旅店和旅行箱组成的生活。相比之下，他的生活则安定得多，基本上就是活动、约谈、作家协会、政党，还有朋友，当然也包括特蕾丝。

不过这并不表明这些东西是他生活不可缺少的。每当有活动不能举办，有约谈取消，有政党的邀约没能送达他的信箱或电子邮箱，他总会感到些许欣慰。但是要他完全从这种生活中脱出身来，搬到阿姆斯特丹，和她一道进入二人世界，不，这无论如何是不行的。

不行，这样肯定不行，尽管想她时，肉体是那么的痛苦，尤其是在他快乐并且想和她一块儿分享快乐时；在他伤心，希望能得到她的安慰时；在不能和她交流他的想法和问题时；在他独自一人躺在床上时。而真正在一起了，他们却几乎从不谈论他的想法和工作；在安慰人的时候，她并不那么体贴入微；至于幸福，她并不像他所希望的那样激情似火。她属于那种说干就干雷厉风行的女人。他第一次看到她时，一眼就在她那张漂亮、布满雀斑、头发金黄偏红的农家妇女的脸上看出了干练和果敢，而且立刻就喜欢上了她。他还喜欢她沉甸甸、结实、有质感的身体。伴着这个身体，睡觉，醒来，夜晚摸到它的存在，不论是他们相聚在一起，还是分居两地他在幻想的时候，都是非常美好的。

　　虽然他们的渴望是那么的热切，虽然他们的相聚是那么的美好，但是他们也有过毁灭性的争吵。因为他对这种聚少离多的生活已经习以为常，而她却没有；因为他没有如她所期望的那样随时收拾行装，随时出现在她的面前；因为她没有像他所期望的那样，对职业发展不那么较真；因为她偷偷调查他的生活；因为在小谎言可能可以避免大冲突的情况下，他会撒谎；因为他没有一件事能办得让她称心如意；因为她经常感觉到他不够尊重她，不够爱她。她发起火来，会冲他大喊大叫，他立刻就会闷头不说话。有的时候面对她的大喊大叫，他的脸上不仅会有不知所措的表情，而且还会浮现一种傻乎乎的怪笑，这样会刺激她更加动怒。

不过好在争吵造成的伤口愈合得比渴望带来的痛苦消散要快得多。过不了多久，争吵会变成只是生活中的一段回忆，曾经有过不快发生，如同一眼滚烫的热泉，时不时总会冒一下热泡，发出嘶嘶的声响，蒸腾出滚滚的热气，如果掉进去，甚至有可能因烫因热而置身死地。但是他们知道怎么避免掉进去。也许有一天他们会发现，所谓的热泉不过是虚张声势罢了。有一天是什么时候？说不定就在他们热切渴望、急切期待的下一次相会？

四

　　他这次不是在星期三，而是改到星期五才飞过去。星期一晚上，他坐在街角的意大利餐厅用晚餐，一个男的坐到他旁边，买了一个比萨饼，等着取走。两人聊了起来。对方介绍自己是制片人，他们聊起了题材、剧本和电影。对方邀请他星期四到他的办公室喝咖啡。这是他第一次和制片人接触。他梦想拍电影已经很长时间了，但是一直没有人能帮助他实现这个梦想。因此，他把星期三的行程改成了星期五。

　　星期五飞到伦敦的时候，他没能如愿带上一个电影或电视剧剧本的合同。但是制片人答应邀请他就两人讨论过的题材，写个构思。这是不是已经算一个成果了？他不清楚，因为他对电影界一无所知。但是他在飞机上时，心情很好，到达的时候，心情依然很好。

　　他没看见安娜，于是给她打电话。她的解释是，从剑桥到希斯罗要一个小时，在机场再等一个小时，回来又是一个小时，她有一篇文章要赶完，离不开。他当然不希望她在相聚的时候整个晚上都工作，他绝对不希望她这样。但是他认为她完全可以早一点开始写这篇文章。不过他没有说出口。

学校给她提供了一个面积不大的两层楼住房。他有钥匙。他打开门，走进房间。"安娜!"他顺着楼梯走上楼，看见她在伏案写作。她坐着没有站起身，张开手臂搂住他的腰，头依偎在他的胸脯上，说："还有半个小时就完。然后我们去散步，好吗? 我已经有两天没出屋了。"

他知道，这只是说是半个小时。他从旅行袋里拿出自己的衣物，收拾了一下，然后整理和制片人的谈话。最后当他们终于走过公园，来到泰晤士河边时，太阳已经西垂得很低了。深蓝色的天空泛着光彩，树木将长长的影子投落在修剪得短短的草地上，鸟儿已经停止了鸣啭，公园的上空笼罩着一种神秘的寂静，仿佛已经脱离了世俗的嘈杂。

两人有很长时间没有说话。突然，安娜问他："你和谁在巴登-巴登?"

她要问什么? 巴登-巴登的夜晚，第二天晚上的电话，那个小小的谎言，内心的愧疚——他以为一切都已经过去了。

"和谁?"

"你怎么会有这种想法，我……"

"我给布伦纳公园温泉酒店打过电话。我给好几家酒店打过电话，唯有布伦纳问我，要不要叫醒尊贵的客人们。"

电话是在床的哪一边？想到酒店如果真的把她的电话接进房间，他的心顿时揪了起来。但是他们没有给她把电话接进房间。酒店是怎么说的？要不要叫醒他们？"尊贵的客人们，这是酒店的行业用语，一个人，或者几个人，酒店总是这么用词。这是一种古老的表达方式，高档酒店认为这是对客人的尊重。你为什么不让酒店把电话接进房间？"

"够了。"

他搂住她，"误解！百分之百的误解！有一次我给你写信，说我很想和你亲热，你却以为我想和你闲扯①，想和你瞎说八道，还记得吗？还有一次，你对我说，你原则上会参加家庭聚会，我却把这个原则上理解为是一种完完全全的答应，而你的意思不过是说你可以考虑，还记得吗？"

"你为什么不告诉我你住在布伦纳公园温泉酒店？我问过酒店，他们说已经全满了，这说明你早就预订了房间。以往你事先知道住在哪儿，都会告诉我的。"

"我这次忘了。房间几个星期前就订好了。星期五我开车直

---

① 德语中的"亲吻""亲热"（schmusen）和英语中的"闲聊"（schmooze）相似。

接就走了，在巴登-巴登只注意演出的时间和地点。因为我到晚了，所以入住后只顾着换衣服，没顾上给你打电话。演出结束后，又有一个庆祝，庆祝结束，已经很晚了，不想把你从床上叫起来。"

"房间一个晚上四百欧元！你以前从来不这样。"

"布伦纳不是一般的酒店，在那儿住一个晚上一直是我的一个梦想……"

"在梦寐以求的酒店订了房间，你竟然还会忘记。你为什么要骗我？"

"我没有骗你。"他讲给她听，讲自己在前几个星期怎么怎么累，除了这事，还忘记过哪件哪件事，而且忘记的都是重要的事，都是他非做不可的事。

她仍然不肯相信。"布伦纳是你梦寐以求的酒店，可是你那么晚才入住，那么早又离店了，岂不是什么都没得到吗？这说得过去吗？"

"是的，是说不过去。但是我前几个星期思想一直集中不起来。"他絮絮叨叨地诉说辛苦和压力，合同和日程，约会和电话。他描述自己在过去几个星期的生活，虽然有些夸张，但也不能说一点没有根据。说得安娜没有理由没有道理不去相信。他越说越自信。如果安娜毫无理由、毫无道理地猜疑他，不相信他，难道不让人生气吗！如果她就为了一个夜晚和一个女人——一个他根本就没有和她睡觉的女人，一个他甚至没有亲近一下的女人，而且还是在一个温暖的夏日，在一个寂静的夜晚，在闪烁的群星下，在梦幻一般的公园中——和他过不去，岂不是很可笑吗？

五

最终，争执如同汽车没有了汽油，失去了动力。他就像汽车一样，顿一下，抽一下，再顿一下，最后停住了。两人出去吃饭，制定计划。安娜可以过去的那几个星期是不是一定要待在法兰克福？他们难道不能去西西里、布列塔尼或普罗旺斯？在那儿租一栋房子、一套住房，将桌子并在一起写作？

他们从已经没有了弹性、兜肚子的床架上搬下席梦思，铺在地上，在上面做爱。半夜，他被安娜的哭泣声弄醒了。他把她抱在怀里，"安娜，"他呼唤道，"安娜。"

"我一定要知道真相，而且永远都要知道。我不能带着谎言过日子。我父亲对我母亲说谎，他欺骗了她。他向我、向我的哥哥保证要信守承诺，但是他没有。每次我问他，他为什么这样，他总是会发火，朝我大嚷大叫。我的童年从来没有踏实过。你必须对我说真话，否则我就不踏实。你明白我的意思吗？你能向我保证吗？"

有那么一瞬间，他在想，应当把布伦纳酒店的那天晚上如实讲给她听。但那岂不是要爆发一场闹剧！现在讲出实情，是不是就可以弥补刚才对她一小时、也说不定是两小时的欺骗？以后找时间再跟她讲那天晚上和特蕾丝的实情难道就不算是实情了吗？以后，是的，以后他一定会把实情讲给她听。以后保证讲给她听，他愿意这么做，也能这么做。"什么事都没有，安娜，我很理解你。你不要再哭了。我保证，和你讲的都是真话。"

六

　　三个星期后，他们去了普罗旺斯。在屈屈隆，他们在集市广场旁找到了一家便宜的旅店。旅店已经有年代了。房东同意他们在顶楼的大房间住四个星期，这间房有一个很大的阳台。旅店不提供早餐，也没有晚餐，不能上网，床铺很少收拾。但是房东给他们提供了两张桌子，两把椅子，这样他们就可以像希望的那样，在房间，或在阳台，桌子靠桌子，共同写作。

　　他们全力以赴投入工作。但是几天过去后，工作似乎不那么逼人了，而且也渐渐变得似乎不那么重要了。原因不在于太热。老宅子，墙厚，顶厚，房间和阳台都很阴凉。她写的是性别差异和权利对等，他写的是一个关于经济危机的剧本。但是这个时候写作，怎么也不对他们的心情。真正对他们心情的，是在四四方方、岸边砌了砖头的乡村池塘旁，坐在一个叫"池塘"的酒吧，喝喝咖啡，看看梧桐树，再望望池水；或者开车寻径上山；或者到葡萄酒庄品尝新品种；或者到卢尔马兰的墓地，在加缪的墓碑前献上一束花；或者在艾克斯的街头散步，到图书馆收电子邮件；如果单单是散步，不去管什么邮件，效果应当会更好，但是安娜在等一份讲学合同，他在等一个剧本的委托。

"这种光线，"他说，"伴着这种光线，在田野，在葡萄园，或者在橄榄树丛中，你可以工作，甚至还可以写作。但是要写也只能写爱情、诞生和死亡，要是写银行和股票就不合适了。"

"这种光线，还有这种气息。这里的气息多么强烈！薰衣草，五针松，还有鱼，还有奶酪，还有菜市场的鲜果！这种感受我一定要装进我的读者的脑袋里——他们难道会反对这种气息吗？"

"是的，他们不可能反对，"他笑了，"但是鼻子里充满了这种气息，人们就再也不想改变世界了。而你的读者应当去改变世界。"

"是这样吗？"

他们坐在阳台上，面前放着笔记本电脑。他吃惊地看着她。她不是想改变世界吗？她讲课、写文章，难道不是想让她的学生和读者也像她那样去改变世界吗？她难道不正是出于这种思想而拒绝妥协，拒绝让自己的人生轨迹去迎合学校的需要吗？她的目光越过前方的屋顶，眼睛里噙着泪花。"我想要孩子。"

他站起身，走到她身边，在她的椅边蹲下，微笑着注视她。"这可以办到。"

"但是怎么才能办到呢？我这样的生活怎么才能有孩子呢？"

"你搬到我这儿来。开始的几年，你就不要讲学了，把精力放在写文章上。然后我们再看吧。"

"然后学校就不要我了。他们现在邀请我讲学，是因为我讲信用，随叫随到。再说我写文章不如讲课。我手上这本书已经写好几年了。"

"学校邀请你，是因为你是一个了不起的老师。为了让学校在开始的几年不忘记你，或许你不应当写书，而应当多写一些文章。想想看，要不了几年，世界会变成另外的样子，那个时候会有新的职业、新的课程，而对你来讲，会有新的职位。很多东西变得是很快的。"

她抽动了一下肩膀。"忘记得也很快。"

他搂住她，说："也是，也不是。你不是和我讲过，威廉姆斯的那个女系主任邀请你讲学，不就是因为你们在二十年前上过同样的课，她对你印象深刻吗？你不是很容易被人忘记的。"

晚上，他们在奔牛村发现了一个餐馆，有露台，而且正对田野，视线开阔。一个澳大利亚旅游团包了大部分桌子，他们兴致很高，热热闹闹，声音很大，但是撤得也早。夜幕中剩下的唯有他俩的身影。他要了一瓶香槟酒，她投过来询问和惊讶的目光。

"为什么干杯？"她用拇指和食指捻着酒杯。

"为我们的婚礼!"

她继续捻着酒杯,带着一种忧伤的微笑盯着他。"我一直都知道我想要什么。我知道,我爱你。我也知道,你也爱我。我知道我要孩子。要孩子,也要你。孩子和结婚是一体的。但我们今天是第一次谈这件事——我需要一点时间。"她的微笑变得开心了。"让我们为你的求婚干杯?"

七

几天后的一天，他们下午就上床了，他们做爱，然后睡着了。等他醒来时，发现安娜不见了。她留下了一张纸条，上面写道，她开车出去了，到艾克斯的图书馆去收电子邮件。

这时是下午四点。到了七点，她还没有回来。他有些奇怪。到了八点，还没见她回来，他担心了。他们这次出来虽然都带了手机，但是都关了机，而且放在五斗橱里了。他查看了一下，手机都还在橱里。到了九点，他在房间里再也待不下去了，于是走到池塘边他们停车的地方。

汽车还在原地。他环顾了一下四周，发现了安娜。她坐在池塘酒吧前的一张桌子旁，在抽烟。她戒烟已经有好几年了。

他走过去，在桌前停住脚步。"出什么事了？我担心了半天。"

她没有抬头。"你在巴登-巴登和特蕾丝在一起。"

"你怎么会……"

她抬起头看着他。"我看了你的邮件。看到了你的酒店预订，是双人间。看到了你和特蕾丝的约会。还看到了你最后的问候：和你在一起很美好。希望旅途一切安好，家里一切正常。"她哭了。"和你在一起很美好。"

"你偷看我的邮件？你是不是也偷偷检查我的写字台和我的橱柜？你以为你有权……"

"撒谎！骗子！你为所欲为。是的，我有权利，我当然有权利保护自己。我要保护自己防范你。既然从你这儿得不到真相，我就得自己找真相。"她又哭了。"你为什么要这么干？你为什么要这样对我？你为什么要和她睡觉？"

"我没有和她睡觉。"

她冲他嚷了起来。"到现在还在撒谎！闭嘴！你和这个女人到一个浪漫的酒店，两人共住一个房间，共睡一张床。想把我当傻子，是不是？你开始以为我很傻，揭穿不了你的谎言，现在你又以为，我还是很傻，傻到能让自己相信这不是真的。你无耻！你皮厚！你……"她气得浑身发抖。

他坐到她的对面。他知道，此时此刻，旅店房间的窗户是不是都打开了，人们是不是都在探头探脑，是不是都在看他们的笑话，这对他本应无所谓了，但是他大有所谓。让人冲自己大嚷大叫本来就够丢脸了，让人当着那么多人的面冲自己大嚷大叫，就更丢脸了。"我能说几句吗?"

"我能说几句吗?"她尖声尖气地模仿他的腔调。"小孩子问妈妈,他是不是能说几句? 因为妈妈一向压制他,甚至不让他说几句? 少在这儿装可怜! 有本事就为自己的言行负责! 骗子! 撒谎! 连这一点都不敢承认!"

"我不是……"

她一个巴掌扇到了他的嘴上。这个时候,令她吃惊的是,她在他的眼中看见了一丝鄙夷,于是接着吼了下去。她朝前探过身,吐沫击中了他的脸。他的后退更刺激了她,她更加愤怒了,嚷得更凶了。"无耻! 骗子! 下流! 你能说几句吗? 你无话可说! 你一张嘴就是谎言。我听够了你的谎言,因此不想听你说一个字! 你听明白了吗?"

"我……"

"你听明白了吗?"

"我很遗憾。"

"你很遗憾? 因为你是一个骗子? 因为你满口谎言? 因为你和其他女人……"

"我和其他女人什么也没有。我遗憾的是……"

"收起你的谎言吧!"说完,她站起身,走了。

他本来想跟着她,但是却坐着没动。他想起了有一次和一个女朋友一块儿开车，那个女朋友很坦然地对他说，她除了他还有几个男人。当时他们正行驶在一条穿越阿尔萨斯的公路上，那条路蜿蜒多弯。在听了女朋友的表白后，他照直开了下去，先是下了公路，开上了一条林间小道，接着下了林间小道，又穿过了一片灌木，最后停在了一棵树前。没有发生事故，只是开不下去了。他双手放在方向盘上，头伏在手上，很是悲伤。他没有那种要攻击她的冲动。他只是希望她能解释自己的行为，让他明白究竟是怎么一回事，能让他心平气和。为什么安娜就不容他解释呢？

八

他站起身，走到池塘边。开始下雨了。在最初的雨点落在池塘里发出轻轻的沙沙声，水面开始出现涟漪时，他并没有感觉到雨滴。但很快，他全身湿透了。雨水哗哗地落在梧桐树上，打在石子地上。雨水倾泻而下，仿佛要把所有站不住脚的东西涤荡得干干净净。

他多么喜欢和安娜一块儿站在雨中，多么喜欢在她的身后搂住她，多么喜欢在她湿透的衣服下感受她的肉体。她现在会在哪儿？她也在外面吗？和他一样，也在享受雨水吗？她是不是明白，她无谓的争吵在他面前是站不住脚的？也说不定她要了出租车，这会儿正在房间收拾行李？

不，她没有走。他回到房间，发现她的东西还在，但是人不在。他脱掉湿漉漉的衣服，躺到床上。他想让自己保持清醒，等她回来，和她谈谈。但是外面的雨依旧哗哗个不停，一天下来，他累了，因为吵架而疲倦了，于是睡着了。半夜里，他醒了。皎洁的月光洒进房间。安娜躺在他的身旁。她仰面躺在床上，双臂交叉枕在头下，眼睛睁得大大的。他撑起身体，看着她的脸。但是她不看他。于是他也仰面躺下。

"我有一种感觉，觉得有一个女人我无法违抗，无法拒绝，必须对她彬彬有礼，向她献殷勤，必须向她献媚——这种感觉我想肯定和我妈妈有关。我从小就有这种感觉，而且这种感觉是自然而然的，不管这个女人我是喜欢还是不喜欢，不管我对她有没有什么企图。这样，我在内心就唤起了某种不可能实现的期望。我会跃跃欲试一下，但是立刻会觉得过分了，于是就打退堂鼓了。或者是那个女人后悔了，退缩了。这种游戏很傻，我应当学会拿得起放得下。我是不是应当和我的心理医师说说我自己，说说我妈妈？不管怎么说吧，这个游戏的终结不是在睡到一起的时候才出现，早在两人温存的时候就已经出现了。我可能用手臂搂了这个女人，或者握了她的手，但是仅此而已。这个游戏的终结是不是也和我妈妈有关？我不想欠这个女人什么。如果我和这个女人睡觉，我就欠她了。到目前为止，我只和我爱过的或者说恋爱过的女人睡过觉。我不爱特蕾丝，谈不上恋爱。不过和她在一起的确很美好，很放松，没有压力，无所求。我和你在一起几乎没有那么轻松过。但是我从来没有问过我自己，是不是应当离开你，和她生活在一起。

"这是我要给你讲的一个方面。另一个方面……"

她打断他的话。"你们第二天都干了什么?"

"我们去了艺术馆,一个葡萄酒庄,还有海德堡的一座城堡。"

"那你为什么从这里给她打电话?"

"你怎么会……"他想起来了,昨天她问他和特蕾丝在巴登-巴登的时候,他也是这么开口反问的。他同样也是这么被打断的。

"我看了你的电话。你三天前和她打的电话。"

"她被怀疑患有乳腺癌,刚做了活检。我打电话是问她检查的结果。"

"她的乳房……"她说这句话的时候似乎在摇头,"她知道你和我在这里吗?她究竟知不知道我们两人在一起,我们在一起有七年了?她知道我什么?"

他没有向特蕾丝隐瞒过安娜,但是也从来没有细说过。每次到安娜那儿去,他总是说去阿姆斯特丹、伦敦、多伦多或者惠灵顿,去写作。他会顺便提到,在那儿见到了安娜,不排除和她生活在一起的可能,但是也不澄清。他从不和特蕾丝谈论他和安娜之间的不快,他告诫自己,这么做等于背叛。他也不和特蕾丝谈论他和安娜之间的快乐。他告诉特蕾丝,他很喜欢她,不过这不是爱,但是他不告诉她,他爱安娜。反过来,对安娜,他也不隐瞒特蕾丝，不过他从来不告诉安娜他们见过多少次面。

这样做不妥，他清楚这一点，而且有时觉得自己就像一个重婚者，一个家在汉堡，一个家在慕尼黑。重婚？这么说过于严厉了。他从来没有在任何人面前展现过不好的形象，他展现的不是形象，而是勾勒的线条，线条谈不上好还是不好，因为它们只是线条。幸好他对特蕾丝讲了，安娜也会去普罗旺斯。"她知道我们在一起生活多年了，而且也知道我们在这里。要说她有什么不知道的——我很少和我的朋友还有熟人谈论你。"

安娜没有搭腔。他不知道这是好兆头还是坏兆头。但是不管怎么样，过了一会儿，他的紧张程度降低了。他感到特别累。他努力让自己保持清醒，努力去听安娜还想说什么。他的眼睛合上了。他开始时还想，自己闭着眼睛也能保持清醒，但是他接着发现，自己睡着了，不，应当是睡着了，又醒了。是什么把他弄醒了？是不是安娜说了什么？他重新撑起身体。安娜依旧躺在他的身旁，眼睛依旧是睁着的，但是依旧不在看他。月光从房间消失了。

她开始说话了。外面出现了朦朦胧胧的灰白，看来他还是睡着了。"我不知道这次发生的事我是不是能放得下。但是有一点我很清楚，如果你继续在我面前假装若无其事，假装什么都没发生，那我肯定是放不下的。这难道不好比一只鸭子吗？它嘎嘎地发出鸭子的叫声，但是你却蒙我，说这是一只天鹅。我已经受够了你的谎言，受够了，受够了！如果要我继续留在你的身边，那我一定要生活在真实中。"她说完把被子朝旁边一摆，站起身。"我想我们最好还是今天晚上再见面。让我在旅店、在屈屈隆单独待一会儿。你开车出去吧。"

九

她在卫生间的时候，他穿好衣服，走出房间。空气很凉爽，街道上还没有行人，甚至连面包房和咖啡店都还没有开门。他坐上车，开走了。

他朝吕贝龙山区的方向开去。遇到道路分岔，遇到十字路口，他就拣往山上走的路开。一直开到高度不再增加了，他停下车。然后他顺着长满草的车辙，越过一个高地，往坡上走。

他为什么不干脆就说和特蕾丝睡了？是什么在他内心抵触？就因为不是这么一回事？以往为了化解冲突，他撒起谎来还是挺轻松的，但是这一次为什么这么困难？因为这样只会让别人高兴，而把自己变成恶人？

他回想起来，他还是孩子的时候，如果做了不应该的事，那么一天不交待出是什么恶念促使他做出了这些恶行，母亲就一天不会让他安宁。后来他看了一些关于党内开展批评和自我批评的书，程式是这样的，如果一个人偏离了党的路线，他就会受到处理，直到他反省自己的资产阶级倾向。母亲当年就是这么对他的，安娜现在也是这么对他。他是不是在安娜的身上发现了母亲的影子？

万万不可做出错误的自白。和安娜该结束了。他们难道不是争吵得太频繁了吗？他难道不是已经受够了她的大嚷大叫吗？受够了她偷偷检查他的电脑、电话、写字台和橱柜吗？受够了她对他召之即来的要求吗？他难道不是也觉得安娜的真情太过分吗？和她睡觉，的确很美好，但是有必要弄得感情和道义上这么沉重吗？换成别的女人，是不是会轻松一些？游戏一些？更肉体一些？还有旅行，开始的时候的确挺新鲜，春天在美国西部的一个学院，秋天在澳大利亚海滨的一所大学过上三四个星期，在阿姆斯特丹待上几个月。但是现在感到有些烦了。阿姆斯特丹街头到处有卖的面包夹鲜鱼片的确美味，但是仅此而已，除此以外还有什么呢？

他走过一段土墙，后面可能是养动物的圈，也可能是粮仓，他找了个地方坐下来。群山之中，高高在上。他面对着一座长满橄榄树的山坡，山坡向下滑入一个平坦的山谷，山谷对面的山矮了许多。山的后面是一马平川，散落有星星点点的小城，其中肯定就有屈屈隆。天好的话，从这儿能看到海吗？他听到了蝉的鸣叫，还有羊的咩咩叫，但是他环顾四周，却不见羊的踪影。太阳升起来了，暖和了四肢，也让迷迭香散发出芳香。

安娜。他和她的确有这样那样的问题，但是，当他们在下午做爱，从白天做到傍晚，他们相互怎么也看不够，怎么也抚摸不够。当他们筋疲力尽，甚感快慰地并排躺着时，倾诉总会自然而发。他喜欢看她游泳，在湖里或者海里，像海獭，结实、有劲、柔滑。他喜欢看她和孩子一起玩耍，专注、投入、忘我，仿佛周围的世界都不存在了。每当她分析他的想法，轻而易举、一语中的地抓住他的核心要点，他总会有一种幸福感。每当他们同他的朋友在一起，或同她的朋友在一起，见识她敏捷的才思、横生的妙趣，他总会有一种自豪感。每当他们依偎在一起，他总会有一种安全感。

他想起了一则关于德国、日本和意大利士兵在俄罗斯战俘营的报道。俄国人试图给他们洗脑子，也让他们进行批评和自我批评。德国人没有了元首，但是他们习惯于被领导，因此让他们怎么做就怎么做；日本人则是宁死也不愿和敌人合作；意大利人虽然也配合，但是并不认真对待，而是欢呼、喝彩、雀跃，把批评和自我批评当做了一场歌剧演出。他对安娜要求的批评和自我批评是不是也应当表现出积极配合，但是不认真对待呢？他是不是应当笑呵呵地承认一切安娜要他承认的东西呢？

但是光承认还不行。她肯定要知道，为什么会这样。不查出他有什么错的地方，不一直查到他自己认识到这一点，她是不会善罢甘休的。而调查的结果在以后则会不断地被用来当做解释和控诉的题材。

十

　　直到这个时候他才发现，他跑出了很远的路，在土墙上已经坐了很长时间。在往回走的路上，他每到一个路口就想，下面一条路应当是他停车的地方，但是一连过了好几个路口，始终没有看到自己的车。等到终于看到的时候，他看了一下表，十二点了。他感觉到饿了。

　　他继续往山里开。在路过的第一座村子，他看到了一个餐馆，有桌子支在街边，餐馆的对面是教堂和市政厅。有三明治。他要了一份火腿三明治、一份奶酪三明治，还点了葡萄酒、矿泉水和咖啡。女服务员年轻，漂亮，不紧不慢，大大方方地享受着他审美的目光。她告诉他，街拐角的肉铺有什么火腿，她的餐馆有什么奶酪。她先给他端上葡萄酒和矿泉水。结果三明治还没上来，他已经有点醉意了。

　　餐馆一直只有他一个客人。装葡萄酒的大肚杯空了，他问酒窖里是不是有香槟酒。女服务员盈盈地笑了，她看着他，目光里有几分快乐，也有几分心照不宣。她俯身收拾餐具的时候，领口露出隆起的乳房。他目光追随着她的背影，大声说道："拿两个杯子！"

她喜欢笑。他站起身，给她放好椅子，她在笑；他让香槟酒瓶发出砰然的响声，她在笑；他和她碰杯，她在笑；他小心翼翼地问她，一个这么迷人的女人为什么生活在被上帝遗忘的山村里，她还是在笑。她夏天到餐馆来帮爷爷奶奶，平常在马赛学摄影，经常旅行，在美国和日本生活过，已经有作品发表。她叫热内。

"我三点到五点关门。"

"你中午睡觉？"

"今天要睡就是第一次。"

"那么中午有没有更美的事可做，比……"

"我想我知道有什么。"她笑了。

他也笑了。"你说得对。我也知道。"

她看了一下表。"餐馆今天下午提前打烊，两点半关门。"

"很好！"

他们一起站起身，拎上香槟酒瓶。他跟在她的身后，穿过前厅和厨房。借着香槟酒的劲儿，想象着即将到来的男欢女爱，他陶醉了。走在幽暗的楼梯上，看着热内在前面拾级而上，他恨不得在楼梯上就脱光她的裙衫。但是他一手拎着酒瓶，一手端着酒杯，而且与此同时，安娜的身影，还有他们之间的争吵，一一浮现在他的脑海中——有没有这么一种规则：人为一件没有做的事受到了审判，而如果最终还是做了，是不是就不用惩罚了呢？一罪不二罚？安娜为一件他没有做的事惩罚了他，现在他可以做这件事了。

热内在床上依然不停地笑。她笑盈盈地揪出沾满血的月经棉条，放在床边的地上。她做爱直奔主题，而且灵活得像在做体育运动。直到两人都气喘吁吁地并排躺着时，她才表现得温柔起来，亲他，让他亲。再做一次时，她把他抱得比第一次更紧了，但是一完事，她立刻看了一下表，让他赶快走。时间是四点半，爷爷奶奶就要回来了，而且他也不用再来了，再过三天，她在——用他的话来说就是——被上帝遗忘的山村的日子就结束了。

她伴着他走到楼梯口。他转身朝上看，她倚在楼梯栏杆上，光线幽暗，他看不清她脸上的表情。

"刚才很美好。"

"是的。"

"我喜欢你笑。"

"赶快走吧。"

十一

　　他盼望着能下一场暴雨，但是天空偏偏湛蓝湛蓝的，酷热笼罩在狭窄的街道上。他坐上车，看见一辆奔驰车停在餐馆门前，一对老年人走下车。热内走出门，和他们打招呼，帮他们把食品搬进房间。

　　他缓缓开动汽车，为的是在后视镜里多看一会儿热内。忽然，一种强烈的渴望占据了他的身心，这是对一种完全不一样的生活的渴望，冬天栖居在海滨城市，夏天蛰居在山村，过一种节奏稳定的、可靠的日子，每天走同样的路，睡同一张床，遇见同样的人。

　　他想下车跑步，在早晨跑过的地方跑步，但是他找不到地方。他停在了另外一个地方。他下车，但是拿不定主意是不是要跑，最终还是坐在一处斜坡上，撷了一根草，手臂支在膝盖上，然后用牙齿叼住草。他顺着山坡，越过小山，再一次看到了那个平原。他的渴望不是因为热内，也不是因为安娜，不是因为这个女人或是那个女人，他的渴望是因为稳定、持久和可靠的生活。

他梦想着把她们全部舍弃：热内，原本就没打算要他的女人；特蕾丝，喜欢他是因为他的简单；安娜，想要被人征服，但是不想征服人。再往下就没有其他女人了。

他很想在晚上对安娜说一些她喜欢听的话。干吗不说呢？是的，她会把他说过的话，不断当做话柄，但是这又有什么关系呢？这会伤着他什么吗？又有什么东西会伤着他呢？他觉得自己是不可伤害的，是刀枪不入的，他笑了——肯定是香槟酒起作用了。

现在去屈屈隆，到安娜那儿去还嫌早。他继续坐着没动，眺望着平原。不时有车辆驶过，不时传来汽车喇叭声。在山下的平原，他不时能看见一些光点闪亮。是阳光在房子窗玻璃上的反射，还是在汽车玻璃上的反射？

他幻想着山村中的夏日。管他那个女人叫什么，热内，夏提尔，或者玛丽，他要在五月份搬到山上去，开一个餐馆，中午不营业，只在晚上招待客人，只做两三个菜，简简单单的农家菜，本地产的葡萄酒。来吃饭的有一些游客，几个在这里买了老宅子装修的外国艺术家，还有一些本地人。他会趁着一大清早到菜市场去买菜，下午做爱，傍晚下厨房，准备饭菜。星期一和星期二关门打烊，十月份闭门歇业一个月，放下卷帘，紧锁大门，到城里去。到城里干什么呢，他一时想不起来到城里能干什么。逛艺术品商店？书店？文具店？或烟店？只在冬天营业？这样行吗？他真的想管一个店吗？真的想经营一个餐馆吗？一切不过都是没着没落的空想。下午做爱，这就够了，至于是在海边的城市，还是在河边的城市，在山里的村庄，还是在平原的村庄，那是无所谓的。

他嘴里叼着秸秆，眺望着山下的平原。

十二

　　他到屈屈隆时是七点，他停好车，在池塘酒吧没有看到安娜，于是走进旅店。安娜坐在露台上，桌子上放着一瓶葡萄酒和两个杯子，一个杯子斟满了酒，一个杯子是空的。他眼睛盯着地面。她在用什么眼神看他？他此刻根本不想知道。

　　"我不想多说什么。我和特蕾丝睡了，我对此表示遗憾。我希望你能原谅我，而且希望能了结此事，当然不是今天，也不是明天，总之尽快吧。我希望我们能好好待在一起，我爱你，安娜……"

　　"你不想坐下来吗？"

　　他坐下，但是仍在不停地说，眼睛依然盯着地面。"我爱你，我不想失去你。我希望不会因为无足轻重的事失去你。当然，我明白，这事对你很有分量。因为这事对你很有分量，因为我早就应该知道，这事对我也应当很有分量，所以我就不应当去做。这些我都明白。但是这事的确无足轻重。我知道……"

"坐近点。你想不想……"

"不，安娜，你让我把话说完。我知道，男人总是说，当然，也有女人这么说，外遇的事无足轻重，它就这么发生了，是机会促成了外遇，或者说是孤独，或者说是酒精。外遇之后什么也没有留下，没有留下爱情，没有留下渴望，没有留下念想。他们总是这么说，因此说法都变成了老一套的陈词。但是陈词之所以是陈词，是因为它有道理。有的时候外遇完全不是那么回事，而且经常是这样，你比如说我就是这样。我和特蕾丝在巴登-巴登，其实真的无足轻重。你可以……"

"你能不能……"

"你待会儿有机会痛痛快快地说。我只是想说，如果你不想和一个认为外遇无足轻重的人过日子，我完全理解。但是我身上认为外遇无足轻重的那一部分只是我身上很小的一部分。我身上的大部分把你看做比世界上所有的东西都重要，我的这部分真心地爱着你，真心地和你度过了这些年的时光。在巴登-巴登之前，我还从来没有……"

"看着我！"

他抬起目光，看着她。

"我都知道了。我和特蕾丝打了电话，她向我证实了你们之间什么也没有发生。你可能想知道，我为什么不相信你，但是却相信了她。我从女人的声音中更能判断她说的是实话还是谎话，对男人的声音我则吃不准。她认为你对她对我都不真诚，如果她事先知道我们相处了多长时间、我们的关系有多密切，她是不会经常找你的。当然了，这是另外一回事。总之，那天晚上你们没睡。"

"啊!"他一时语塞，不知道该说什么。他在安娜的脸上看到了受伤、放心和爱意。他应当站起来，走到她的身边，拥抱她，但是他坐着没动，只说了一句："坐过来!"她站起身，坐到他的腿上，将头依在他的肩上。他搂住她，目光越过她的头发，越过房顶，朝教堂的钟楼望去。是不是应当把下午和热内的事告诉她?

"你为什么摇头?"

因为我刚刚决定，不把今天下午发生的另外一个外遇告诉你……"我刚才想过了，没什么大不了的，我们本可以……"

"我明白。"

十三

　　他们不再提巴登-巴登，他们不再说特蕾丝，不再讨论实话和谎话。但不是说仿佛什么都没发生。如果真的什么都没发生，他们反倒会无拘无束地争执。他们留神不相互发生磕碰，活动起来更加小心。他们工作比开始时更加努力，结果是她完成了一篇关于性别差异和平等权的论文，他创作了一部两个银行家在电梯里被关了一个周末的剧本。他们做爱时，相互都有了一些保留。

　　最后一个晚上，他们又去了奔牛村的那家餐馆。他们坐在露台上，看着夕阳落下，看着夜幕降临。天空的湛蓝变成了沉沉的深黑，星星闪烁，蝉虫鸣噪。深黑，闪烁，鸣噪，汇成了一个盛大的夜晚。但是即将到来的分别却让这个夜晚多了一层忧伤的色彩。此外，繁星点点的夜空又令他想到了道德法则，还有和热内在一起的时候。

　　"我对特蕾丝从来没有谈论过你，我对你从来没有谈论过特蕾丝，你会因为这个耿耿于怀吗？"

她摇了摇头。"这让我伤心，但是我不会因此而耿耿于怀。那么你呢？你会记恨吗？我怀疑你，我勒索你。是的，这就是我对你干过的事：勒索你。因为你爱我，所以你听任我勒索。"

"不会的，我从不记恨，只是看到事情激化得那么快，我有些害怕。但是这和记恨不一样。"

她把手放在他的手上，但是没有看他，而是看着远处的农田。"我们为什么会……我不知道该怎么形容。你知道我的意思吗？我们俩都变了。"

"变好了，还是变坏了？"

她抽回手，身体往后靠，端详着他。"这个我也不知道。我们可以说有得有失，是吧？"

"失去了纯洁，得到了醒悟？"

"但如果醒悟是好东西，却是爱情的死穴，没有单纯的对对方的信任又不行，那会怎么样？"

"你所说的那种真实，也就是你称之为立足基石的那种真实，难道不是一种醒悟吗？"

"不，我所说的和我所需要的真实不是醒悟，而是激情。它有时美好，有时可恨，它能给你幸福，也能让你心力交瘁，但是它永远能让你感到自由。如果你一时感受不出来，那么过一段时间肯定能。"说到这里，她点了点头，接着又说："是的，它的确能让你心力交瘁，这个时候你会咒骂，会想自己当年没有遇到这个真实该有多好。但是过后你会意识到，让你心力交瘁的不是它，而是它得以成为真实的那个东西。"

"我糊涂了。"真实，还有真实得以成为真实的那个东西——安娜是什么意思？这个时候他在内心问自己，是不是应当把热内的事情告诉她，是的，现在，否则以后再讲就太迟了。但是为什么以后再讲就会太迟呢？如果可以以后再讲，为什么一定要现在讲呢？

"算了，不谈这个了。"

"但是我很想弄清楚……"

"不谈这个了。说说看，我们以后怎么办？"

"你原来说过，需要一点时间考虑结婚的事情。"

"是的，我想我该抽时间考虑一下。你不是也需要时间吗？"

"暂停一段时间？"

"暂停一段时间。"

十四

　　她不想再讨论了。不，他没做错什么，没有什么可以拿到桌面上讲的错事，没有什么可以向婚姻专家讨教的错事。

　　饭菜上来了。她吃得津津有味，他却没有一点胃口，用叉子在盘子里的金头鲷上捣来捣去。晚上在床上，她既不拒绝他，也没有表现出激情。他感觉到，她已经不需要时间了，她已经做出了决定，他已经失去了她。

　　第二天早晨，她问他介不介意送她去马赛的机场。他是有些介意，但还是送她去了，而且在告别的时候做出一种姿态，让她能看出他的痛苦，能看出他尊重她的决定，让她能把他保留在美好的回忆中，而且想再见到他，想再得到他。

　　离开机场，他穿过马赛城，希望能在人行道上突然见到热内，但同时心里也很清楚，即便真的遇到，他也不会停车。在高速公路上，他在想，没有特蕾丝，在法兰克福该怎么生活，他会干点什么。他寄希望的那个新剧本的合同一直没有来。他可以着手给那个制片人写题材构思。但是写这类东西在任何地方都可以。其实说真的，法兰克福没有什么吸引他的东西。

安娜是怎么说的？如果你遇到了真实，而且它让你感到心力交瘁，那么让你心力交瘁的并不是真实本身，而是真实得以成为真实的那个东西。真实永远能让你感到自由。他笑了。真实和真实得以成为真实的东西——他仍旧不明白是什么意思。真实是不是能让人自由——也许应当反过来，人必须自由，才能和真实相伴一生。但是没有任何东西会阻挡一个人争取把真实说出来。他会在某个地方下高速公路，在赛文山，勃艮第，孚日山，或其他某个地方，在酒店开一间房，写信给安娜，告诉她一切。

树林中的小屋

一

他时常有这种感觉，仿佛他一直就是这样生活的，一直住在这座树林中的小屋，青青的草地依傍着一片苹果树，间或点缀有一丛丛丁香花，池塘旁垂挂有条条柳枝，仿佛妻子和女儿一直在这里陪伴他生活。他离开时，她们和他依依告别，他回来时，她们依在家门口迎候。

每周一次，她们站在房前，和他挥手告别，目送汽车，直到汽车消失。他开车去那座小城，取邮件，送些东西修理，取回修理好的东西或订购的东西，在理疗师那儿做腰病的康复理疗，到百货商店采购。开车回家前，他会在商店的柜台旁站上一小会儿，喝一杯咖啡，和身边的人聊聊天，看一会儿《纽约时报》。他每次进城不会超过五个小时。妻子一时不在身边，他便会十分挂念，还有女儿。他进城不带她，因为她晕车。

她们从很远就能听到他回来的声音，因为除了他，没有汽车会开上这条狭窄的、铺满石块的小路。小路穿过长长的、长满林木的峡谷，直通他们的房屋。妻子和女儿会再次站在门口，手拉着手，看着汽车拐上草地。趁着他给发动机熄火，准备下车，丽塔会挣脱凯特的手，跑向爸爸，扑进他的怀里。"爸爸，爸爸!"他紧紧抱住她，陶醉在女儿搂着他的脖子、脸依偎在他的脸上表现出的亲昵中。

在这几天，凯特是属于他和丽塔的。他们一块儿从车上卸下买回来的东西，在家里或院子里忙乎，到树林中捡木头，到池塘里抓鱼，腌黄瓜或洋葱，煮果酱或酸辣酱，烤面包。丽塔完全沉浸在家庭的幸福中，满怀生活的乐趣，从爸爸身边跑到妈妈身边，再从妈妈身边跑到爸爸身边，小嘴巴不停地说呀说的。吃完晚饭，他们三人在一起游戏，或者他和凯特会按照做饭时想好的分工，各人扮演不同的角色，给丽塔讲故事。

过了这几天，凯特早晨起来，会从卧室直接走进书房。他给她送上早餐咖啡和水果，她会从电脑上挪开目光，亲切地朝他微笑。他如果想和她谈论问题，她会努力去弄明白这个问题，但是她的心思并不在问题上，而是在其他地方。即便三个人围坐在一起吃午饭和晚饭，她也是这样。即便在给丽塔讲完晚安的故事、做完晚安的亲吻后，坐到他的身边，他们一块儿听音乐、看电影或看书，她的心思仍然在其他地方，在她正在创作的那些人物形象上。

他从没有抱怨过。在院子里干活的时候，能隔着窗户看见她的头影，站在她的房门前，能听见她的手指在键盘上敲击，吃饭时有她坐在对面，晚上有她陪伴在身边，睡觉时能摸到她，闻到她，听到她的呼吸，总之只要她在家，他就感到幸福。他不能对她有更多的要求。她曾经对他说过，没有写作，她无法生活。他也对她说过，他接受她这样的生活。

他同样也接受整日整日地只和丽塔在一起，早晨喊醒她起床，给她洗漱、穿衣，和她一块儿吃早饭。做饭，洗衣，打扫，在院子里干活儿，修理房顶、暖气或汽车时，让她在一边看着，打打下手。他解答她的问题，教她识字，虽然还嫌太早。他忍着背痛和她嬉戏打闹，因为他认为孩子必须要嬉戏打闹。

他接受了家中的现实，不过他仍希望家庭生活能更多一点三人世界。他希望生活不只是一周只有一次同凯特和丽塔组成三人世界，而是天天如此，日日如此。

是不是所有的幸福都想永恒？就像所有的欲望？不，不是这样的，他心想，幸福需要的是持久，向前能持久到未来，向后能持久到过去。恋人们谁不幻想，幻想在儿时就已经相识，就已经相恋？谁不幻想在同一个游戏场玩耍过，上的是同一所学校，甚至和爸爸妈妈外出度假都是在同一个地方？他不幻想过去的缘分，只是梦想未来，他、凯特和丽塔能在这里扎根，三人在这里共抵风雨，同抗风浪，而且是永远，永远的永远。

二

　　他们是在半年前搬到这座林中小屋来的。去年春天，他首先开始在乡下找房子，结果忙乎了一个夏天也没结果。凯特太忙，甚至连在网上看一下房子照片都顾不上。她只是交代，房子应当在纽约附近。但她是不是想远离纽约的生活给她带来的要求？那些无法让她遁入写作和家庭的要求？那些她欲拒不能的要求？作为纽约著名的作家，她的生活很自然地要求她时时在场，人们时时能找到她。

　　到了秋天，他终于找到了这套房子：距离纽约五个小时的车程，和佛蒙特交界，离开了大城市，远离了交通要道，有池塘，有草地，犹如童话世界。他先是自己去了几次，同中介公司和房主谈判。后来，他带上了凯特。

　　去之前，她一连忙碌了好几天，因此驶上高速时，她睡着了。直到拐上州际公路，她才醒过来。汽车的天窗打开了。她仰望蓝色的天空和色彩斑斓的树叶，然后微笑着看着丈夫。"陶醉在睡梦中，陶醉在色彩中，陶醉在自由中。我不知道我在哪儿，我不知道我到哪儿去。我甚至忘记了我从哪儿来。"最后一小时，他们驶过的是西部的秋天景色。起先是中间有黄色隔离线的州际公路，后来是中间没有隔离线的乡镇公路，最后一段是直通家门的颠簸小路。当她走下车，环顾四周时，他立刻知道，她喜欢这个房子。她的目光掠过树林、草地、池塘，最后停留在房子上。她细细打量每一个细节：两根柱子支撑的前檐，前檐下的进门，不论垂直还是水平都不在一条直线上的窗户，斜斜的烟囱，敞开的露台，还有侧房。这座有两百多年历史的房子虽然在岁月的流逝中有些衰破，但是风骨丝毫未损。凯特碰了他一下，用眼神示意了一下二楼的那间角屋，两个窗户对着池塘，一个窗户面朝草地。"那间……"

"是的，那是你的房间。"

地下室很干燥，地面很坚实。在第一场雪降临之前，他们新做了房顶，还新装了暖气。这样，瓦工、电工、木工、粉刷工在冬天也可以施工。春天搬进来的时候，地板还没有好，壁炉还没有砌起来，还是敞开的，厨房的吊柜还没有固定上墙。但是在搬进去的第一天，他带凯特走进她的书房，唯有这个房间已经装修完毕。等到所有东西都卸完了，货车也开走了，他抓紧时间，当天晚上就磨完了地板，第二天早上就把写字台和书架搬到了楼上。

凯特坐到写字台旁，轻抚台面，拉开又推上抽屉，透过左面的窗户俯瞰下面的池塘，然后又透过右面的窗户俯瞰下面的草坪。"写字台的位置很好。我往前看的时候，既不想看到池塘，也不想看到风景，应当只看到墙角。凡是老房子，精灵都不是从房门进出的，都是从角落。"

凯特书房的旁边是主卧室和丽塔的卧室，对面是浴室和一间小屋子，里面刚够放一张桌子和一把椅子。在一楼，进门往里走，整个空间被壁炉和木支柱分割成厨房、餐厅和客厅。

"女儿和你的房间是不是应当调换一下？她只是睡觉的时候才到自己的房间，小房间工作太小了。"这是凯特的一片好意，他想。也许她内心真的有些不安，因为自从他们认识以后，她的作家事业蒸蒸日上，而他则每况愈下。他的第一部长篇小说在德国出版的时候十分畅销，后来在纽约找到了一个出版商，在好莱坞又找到了一个制片人。正是在那个时候他认识了凯特。一个年轻的德国作家怀揣下一部长篇的宏伟计划，踏上作家之旅来到美国，虽然在这片国土上还没大获成功，但是前途不可估量。然而，因为等候迟迟没有开机拍摄的电影，因为陪同凯特接受邀请到世界各地旅行，因为要操心照看丽塔，他的下一部长篇只形成了几页草稿。当有人问他的职业，他依然会说自己是作家。尽管他不愿意向凯特承认，尽管他有时自欺欺人，说事业会有起色，但是毕竟他没有签约。他为什么要大房间呢？岂不是让自己更强烈地感觉到自己在原地踏步吗？

他把第二部长篇推给了以后。如果以后他对它还感兴趣的话。越来越让他比对任何事情都操心的，是丽塔应不应该上幼儿园了。因为一旦上了，孩子也就不再属于他了。

三

　　两人当然都喜欢丽塔。不过凯特可以设想没有孩子的日子，他则不行。她怀孕的时候，仿佛什么事也没有。倒是他催她去看医生，去做产前操。他把超声波片子贴在墙板上。他抚摸她隆起的肚皮，和肚皮说话，给肚皮朗诵诗歌，还给肚皮放音乐。凯特则饶有兴致地听任他做这一切。

　　凯特的爱是一种实事求是的爱。她父亲是哈佛大学的历史学教授，母亲是钢琴家，经常外出演出。父母用管理企业的效率将四个孩子拉扯大。孩子们有很好的保姆，上的都是好学校，接受了很好的语言和音乐教育，他们头脑中产生的所有想法都会得到父母的支持。他们走入社会时带着这么一种信念：凡是想要达到的目标就一定能达到，丈夫或妻子在职业上、在家里、在床上都应当有真功夫，他们的孩子理所当然走上他们理所当然走上的那条路。爱情只是润滑剂，润滑家庭机器的润滑剂。

　　在他看来，爱情和家庭是梦想的实现。这个梦想开始于很久以前。他的父亲是管理职员，母亲是公共汽车司机。当父母的婚姻越来越深地陷入憎恨、尖叫和暴力的漩涡中时，他就已经怀有了这个梦想。父母有时也打他。但是每次挨打，他都把它看做是对自己所犯错误的惩罚。而当父母先是相互咆哮，继而相互厮打时，他和姐妹会觉得仿佛脚下的冰层破碎了。他梦想的爱情和家庭如同坚厚的冰层，不仅可以在上面行走，而且还可以在上面跳舞。与此同时，在暴风雨袭来的时候，人们还可以借助梦想稳住自己，当年他和姐姐妹妹就是这样稳住自己的。

凯特是这个坚厚的冰层的保障。一次在蒙特雷书展的晚宴上，主办方将他和凯特安排坐在一起：一个是年轻的美国女作家，处女长篇首次登陆德国销售，一个是年轻的德国男作家，处女长篇首次登陆美国销售。如果我能进入美国市场，我就能进入世界各地。自从在美国的书店看见了自己的作品，他感觉自己很是了不起，于是向坐在身边的美国女作家眉飞色舞地谈论自己的成功和下一步的计划。但是做这种事的时候，他笨手笨脚，就像一只刚学会走路的小狗。她则听得津津有味，而且很受鼓舞，令他在心中升起了一丝安全感。上了一定年纪的成功女人陶醉于他，关注他，这种情况他见识过。他讨厌这种女人。但是这次关注他的是凯特，年纪比他小，事业没有他成功。她对人们的议论似乎并不在意。当他出乎主办方的意料，突然站起身，邀请她跳舞时，她笑了，她接受了他的邀请。

这天晚上，他爱上了她。她则是带着几分迷惘度过了这个夜晚。当他们在帕索罗布斯的图书节上再次相遇时，当凯特把他带进她的房间时，他已经不再是她想象中的笨手笨脚的小男孩儿了，而是一个激情似火、全身心投入的男人。还没有男人这样爱过她。还没有男人像他这样在睡梦中依偎着她，紧贴着她，紧紧地搂住她。这是一种毫无保留的、全盘接受的爱。她从没有经历过这种爱，有几分惊恐，也有几分刺激。他们再次回到纽约时，他留下没走，固执地、笨拙地向她求爱，直到她同意他搬进去。她的房子足够两人住。两人在一起过得很幸福，因此过了半年，两人便结了婚。

但是接下来，两人的生活发生了变化。开始时，两人的写字台紧挨着，他们共同写作，共同待在家里，共同出入图书馆，共同出现在公众的视线中。但是没多久，凯特的第二本书出版了，而且畅销了。于是她开始一个人出现在公众的视线中。她的第三本书出版后，她开始到世界各地旅行，他虽然依然陪伴在她的左右，但是已经不大想参加正式活动了。虽然凯特依然介绍他是著名的德国作家，但是已经没有人知道他的名字，没有人知道他的书。他讨厌人们因为他是凯特的丈夫而对他表现出的彬彬有礼。他也感觉到了她的担心，担心他嫉妒她的成功。"我不嫉妒。你的成功是你应得的，再说我喜欢你的书。"

他们两人生活的交会面越来越小。"这样下去不行，"他说，"你老是不在家，即便在家了，也是筋疲力尽，累得不想说话，甚至不想做爱。"

"我也为这种奔波和忙碌感到痛苦，我已经回掉了很多应酬。我该怎么办？总不能拒绝所有的应酬吧？"

"那有了孩子怎么办？"

"孩子？"

"我看到了你的验孕条，有两条红杠。"

"这并不代表肯定有了。"

凯特不愿意相信第一次验孕结果，因此又做了一次。当她后来真的当了母亲，她也不愿意相信自己的生活一定会发生变化，因此日子过得仍然和生孩子前一样。但是当她晚上回到家里，把丽塔抱在怀里时，女儿会在她的怀里扭过身，伸手要爸爸。这个时候，对另外一种生活的渴望会占据她的身心：一种只有孩子、丈夫和写作，没有其他任何东西的生活。但是到了第二天，这种渴望又淹没在尘嚣之中。然而，渴望会一再出现，而且随着丽塔的长大，渴望变得越发强烈。每一次感受到这种渴望，她的惊恐都会增加一分。

有一天晚上，在入睡前，他对凯特说："我不喜欢这样的生活。"

在那一瞬间，她感到了害怕，害怕失去丈夫和丽塔。和家人的生活在她看来是最最珍贵的。"我也不喜欢。我已经厌烦了旅行、报告会、讲座和接待。我要和你们在一起，在你们身边写作，其他什么都不要。"

"真的?"

"只要我能写作，有你们就足够了，其他什么我都不要。"

他们开始争取改变生活。但是过了一年，他们不得不接受这样的现实，只要住在纽约，生活就无法改变。"这里的生活会一点点吞噬掉你。你不是喜欢草地、树木和鸟吗? 我们找个房子住到乡下去。"

四

在树林中住了几个月后，他对凯特说："这里不仅仅只有草地、树木和鸟。这里的一切在发展，在变化，在成长。房子基本上装修完了，丽塔比在城里更健康了，还有苹果树，经过我和约拿唐修枝，今年结了一树的果实。"

他们站在院子里，他搂着她，她依偎在他的身上。"只是我的书到现在还没有完成。看来要等到冬天或明年春天了。"

"那很快就到了呀！在这里写东西不是比在城里更容易吗？"

"秋天可以完成初稿。想不想先看一下？"

她一直有这种观点：正在写的东西不能给别人看，也不能和别人谈论或探讨，这样不吉利。他对她的信任感到高兴。他期盼苹果丰收的季节，盼望从苹果里榨出浓郁的果汁。他已经订购了一个大榨锅。

今年的秋天来得比往年早。提前到来的霜冻将枫叶打得火焰一般红彤彤一片。丽塔看不够尽染的层林，享受不够在凉飕飕的夜晚木柴和纸头在壁炉中升腾起的温暖的火焰。他让丽塔自己把纸头窝成团，一层层放好锯木屑和木柴，划着火柴，点燃壁炉。每次她都会惊呼："快看，爸爸，快看，爸爸!"对她来讲，点燃壁炉是一个奇迹。

三个人坐在壁炉前时，他会端上热腾腾的苹果汁，给丽塔的杯子里放上一片薄荷叶，给凯特和自己的杯子里倒上一些卡尔瓦多斯白兰地。可能是酒精的作用，晚上在床上，她让步于他的要求的次数比以前多了。也可能是她的初稿即将完成而感到放松的原因。

他想每天看一点，因此告诉丽塔，她应当每天自己玩一会儿。第一天，在玩了两个小时后，丽塔自豪地敲他的房门，要爸爸表扬，并且保证，明天能独自玩更长的时间。但是到了第二天，就完全不是那么回事了。他只好半夜爬起来，把凯特的初稿看完。

凯特出版的前三部长篇讲述的是越战时期一个家庭的生活和一个女孩子的命运。儿子过了很久才从战俘营回来，他找到了深爱的昔日恋人，但是恋人已经嫁人，有了一个女儿。然而女儿的父亲不是养育她长大的母亲的丈夫，而是这个从战俘营归来的男人。每部长篇都独立成篇，但是组合起来，便构成了一段历史的画面。

她最新一部长篇的故事情节发生在当代。一对年轻夫妻，两人都有职业，都属于成功人士，但是他们不能生育。他们打算收养一个孩子，于是到国外寻找。在寻找的过程中，他们陷入一个又一个错综复杂的局面，面临一个又一个问题，有健康方面的问题，也有官僚和政治方面的问题，他们遇到过热情的好心人，也遇到过贪心的贩子，最后发现自己处于十分尴尬和危险的境地。在玻利维亚，他们面临一个抉择，要么收养一对可爱的双胞胎，要么冒收养不成的风险，揭发犯罪的幕后人。究竟该如何是好，夫妻俩争论得没完没了。他们以往对自己和对他人的认识开始出现错位，他们的爱情和婚姻开始出现问题。最后的结局是，收养的努力没有任何结果，他们设想的未来四分五裂成一个个碎片，但是他们的生活却已经为迎接新的未来做好了开放式的准备。

他把最后一页和看完的页数码放在一起。天依旧是黑沉沉的。他关上灯，打开窗户，看着草地上的白霜，呼吸着外面清凉的空气。他喜欢这本书。紧张，动人，而且用了一种凯特以前从未用过的轻盈的风格。肯定会受读者欢迎。他们一定会跟着情节共同期盼，分担痛苦，为开放式结尾进行各种设想。

但是，凯特给他看初稿真的是出于信任吗？小说中那对为新生活做好开放式准备的夫妻，难道不也可以是他和凯特吗？她是不是在向他暗示？是不是要告诉他，他们原先的生活已经不再合适？是不是在要求他，为新的生活做好思想准备？想到这里，他摇了摇头，叹了口气。但愿不是这样。也说不定她要表达的是另外一个意思。也许她是在书的结尾处庆祝，庆祝他们已经开始了一个全新的生活。他们两个不是小说中那对生活正处于碎片状态的夫妻，他们已经摆脱了生活破碎的状态，已经开始了全新的生活。

他听到了第一声鸟鸣。天说亮就亮了。草地后面黑沉沉的一片变成了一棵棵的树木。但此时天空还看不出是阴是晴。要不要和凯特谈一谈？问她这部作品是不是暗含了某种给他的信息？她一定会皱起眉头，用迷惘的眼神看他。他应当为小说中的夫妻在结尾处的寻找做出自己的解释。他和凯特生活的背后，是不是正在酝酿危机？凯特很辛苦。但是她怎么能不辛苦呢！她一定要按照自己设定的期限完成初稿，在最后几周，她每天都是挑灯夜战。

不，不是这样的，他们的生活没有酝酿危机。上一次无谓的争吵是为了巴黎书展，凯特没有同他商量就答应参加，但最终还是取消了全部日程。自那以后，他们再也没有拌过嘴。他们重新经常睡在一起。他没有因她的成功而嫉妒。他们爱他们的女儿。三人在一起的时候，不是笑声就是歌声。他们计划养一只拉布拉多犬，已经在狗主人那儿预订了一胎。

他站直身体，伸懒腰。还可以睡一个小时。他脱掉衣服，蹑手蹑脚走上嘎吱作响的楼梯，踮着脚尖走进卧室。凯特的睡眠被开门和关门弄得有些不沉稳。他停了一会儿，直到凯特重新睡实，然后钻进被窝，拱在她的身旁。不，我们没有危机。

五

　　下一次进城，他为冬天做采购。其实没有必要，冬天遇上下雪，清扫道路积雪从来不超过一天的时间。但是袋子里装满土豆，箱子里装满洋葱，木桶里装满卷心菜，架子上堆满苹果，丽塔就会觉得地下室有家的感觉，她就会很高兴到下面去，数土豆，然后把土豆拿上来。

　　他在中途路过的农场买土豆、洋葱和卷心菜。农场主问他："您能不能进城的时候捎上我的女儿，回来的路上再把她放下来？您不是反正要回来取菜吗？"于是他带上了农场主十六岁的女儿。女孩子要去书店取书，对新邻居好奇地问个没完没了。他和太太是不是在城市住够了？到乡下住是不是图清静？他们在城里是干什么的？她刨根问底，当知道他和他太太都写小说的时候，她很激动。"您太太叫什么？能给我看她的书吗？"他没有直接回答。

　　事后他有些懊恼。为什么没有说自己的太太是翻译或网站设计？他们逃出纽约，不是为了到乡下陷入以凯特为中心的另一片鼓噪之中。他在《纽约时报》上看到消息，过几天要颁发国家图书奖。凯特的三部长篇都入围了。凯特今年虽然没有出新书，但文学评论界是在今年才把她的这三部长篇看做一个阶段的标志，并为此给予宣传。他无法想象凯特的作品不会入围。一旦她获奖了，那么一切就又重新开始了。

他把车开到书店，按了一声喇叭。农场主的女儿和其他几个女孩子站在店门口。她挥手示意，其他女孩子则在看。在往回开的路上，她告诉他，那些女孩子听说他和他的太太是作家，而且就住在这个地方，都非常激动。她问他，他或者他的太太能不能到他们学校去，给他们讲讲写书的事情？已经有医生、建筑设计师和演员到学校给他们做过报告了。"不行，"他的回答粗鲁得近乎过分，"这种事我们从来不做。"

把农场主的女儿放下，装完菜后，他独自一人坐在车上，将车一直开到每次都要经过的观景台。他把车停在空荡荡的停车场上。在他的正前方，色彩斑斓的树林沿山坡直下，沉入开阔的山谷，之后又顺山势而上，反射着阳光，直到下一道山脊。到了第二道脊，树林的色彩不如先前那么鲜亮了。再往远处去，树、山，还有淡蓝的天空融为了一体。山谷上空，一只苍鹰在盘旋。

那个农场主对地方志很感兴趣，他告诉他，一八七六年的冬天来得非常突然，那一年，在西部还是秋天的时候就开始落雪了。

开始雪不大，孩子们都很高兴，但是接下去越下越大，越下越密，到最后，大雪封住了一切，路不通了，家到不了了。被雪堵在路上的人，根本走不出去。还有那些被大雪封在房子里的人，冻死了好几个。有些房子远离公路，一直到了来年春天雪化的时候，才有外人摸进村子。

　　他抬头仰望天空。唉，现在要是下一场雪该多好！先不要下大，让在路上的人能赶回家。然后再猛烈地下，密集地下，让汽车连续几天没法开。如果有树枝不堪雪压，不仅折断了，而且还拉断了电话线，那更是好上加好。多么希望没有人通知凯特她得奖了，没有人邀请她参加颁奖仪式，没有人接她进城，用采访、访谈、谈话节目和各种招待会去打扰她。等到雪化了，大奖自然会落到她手里，她仍然可以像现在得奖一样高兴。不过到了那个时候，喧闹已经过去，他们的世界没有被破坏，依旧是完整的。

　　等到太阳落山，他继续往回开。他驶离大道，拐上小道，最后在铺满石子的小路上，沿着长长的山谷往上开。到了一个地方，他停车，下车。路旁是一排新的、还锃锃发亮的电线杆，三米的高度上，拉着一根电话线。为了铺电话线，电话公司特地砍掉了几棵树，还折断了几根树枝。不过电话线旁边仍然有几棵树没有被砍掉。

　　他找到了一棵已经死去的松树，光秃秃的树枝没有松针，虽然高大，但是长得歪斜。他把牵引绳一头绑在树干上，一头固定在牵引挂钩上，发动汽车，挂上四挡，然后起步。发动机发出轰鸣，然后熄火了。他再次发动汽车，发动机再次发出轰鸣，再次熄火。到了第三次发动时，车轮转动起来了。他跳下车，从工具箱里取出折叠铲，在松树根旁的地面翻挖，他挖到了岩石，松树根在岩石缝里盘根错节。他用劲，想挖松岩石、泥土和树根，他不断地挖、摇晃、撬。他的衬衫、毛线衣、裤子全都被汗水湿透了。可惜他看不大清楚了，因为天已经全黑了。

他重新坐上汽车，发动，牵引绳被拽紧了。他让汽车往回倒一点，然后猛地往前开。往前，倒车，再往前，再倒车。汗水淌进了眼睛，愤怒的眼泪滴在了不肯倒下的树上，滴在了让他和凯特不得安宁的世界上。他前进，倒车，前进，倒车。但愿凯特和丽塔不会听到他的声音。但愿凯特不会给农场主或百货商店打电话，因为他离开那里的时候并不是很晚。但愿她也不会给其他什么人打电话。

松树没有缓缓倒下，没有任何先兆，一下子就倒了。它紧挨着电线杆砸在电话线上，树和电线杆被拉倾斜了，等到电话线被扯断时，它们也咔嚓一声倒在了地上。

他关上发动机。四下里静悄悄的，他累得筋疲力尽，喘不过气，感觉被掏空了一般。但是他内心却升起了一种凯旋的感觉。

他成功了。他能做成这个，就没有做不成的事情！他的身体里蕴藏了多大的力量！这是何等强大的力量！

　　他下车，松开牵引绳，把绳子和铲子装进后备厢，然后往家开。他远远地看见了明亮的窗户——那是他的家。妻子和女儿站在家门口。和往常一样，丽塔扑进他的怀里。一切都很完美。

六

　　凯特到了第二天晚上才问他，为什么上不了网，打不出去电话。她上午和下午专心写作，直到傍晚才想起来收电子邮件。

　　"我看一下。"他站起身，在电话和电脑的接口和连接线上忙乎了一阵子，没有发现任何问题。"我明天进城一趟，带修理工来。"

　　"那我又要损失半天的时间。等等吧，有的时候技术上的东西会自行恢复。"

　　过了几天，技术上的东西没有自行恢复，凯特开始催促了："你明天进城，顺便再问一下，这里有没有手机网络。没有手机实在不方便。"

　　刚搬到这里时，看见房子里和院子里没有手机信号，他们曾是何等的高兴。这样就不用担心人们时时都能找到他们，他们不必随叫随到。他们还讲好了不装电话留言机，一天只在规定的时间接电话，他们不让邮局送邮件，而是自己去取邮件。但是现在，凯特却希望能打手机?

　　他们躺在床上。凯特关上灯。他又打开灯。"你真的想和在纽约一样吗?"见她没有回答,他不清楚她是没有听懂他的问题呢,还是不想回答。"我的意思是……"

　　"我们在纽约的性生活比在这儿好。在纽约,我们相互如饥似渴。在这里,我们……我们是一对老年夫妻,温柔有余,激情全无。好像我们的激情已经荡然无存了。"

　　他有些恼火了。是的,他们的性生活变得平静了,平静了许多,也内在了许多。在纽约的时候,他们经常会迫不及待、满怀欲望地扑向对方。这就是那种性生活的魅力,它如同城市的生活,迫不及待,充斥着欲望。他们的性生活是他们的生活的一种表现,在哪儿都是这样。如果凯特渴望迫不及待,那么她的渴望就不仅仅只表现在性生活上。她需要安静,就是为了写书吗?是不是现在书写完了,她的乡村生活也该结束了?他不恼火了,而是感到了害怕。"我何尝不想经常和你上床?我多么想闯进你的房间,把你抱在怀里,让你用手臂搂住我的脖子,我多么想把你抱上床。我……"

　　"我知道。我刚才说的不是这个意思。书写完了,情况会好的。不用担心。"

　　凯特缩进他的怀里,他们相拥而眠。他第二天早晨醒来时,发现凯特已经醒了，没有说话，睁着眼睛注视着他。他转成侧身，注视着她，也什么都没说。从她的眼睛里，他看不出她的感觉，也不知道她在想什么。他努力不让自己的眼神流露出害怕。昨天，他不相信她说的不是那个意思，今天，他依旧不相信。他的害怕充满了渴望和祈求。这就是她的脸：高高的额头，黑亮的眼睛，两道傲然划过的眉毛，长长的鼻子，大方的嘴唇，还有下巴，或舒展，或紧锁，或皱起，表达着她的喜怒哀乐。这就是他的爱情巢穴，这就是他的爱情风景线。她快乐的时候，脸会对他完全舒展开来，她不开心的时候，脸会紧紧锁住，拒他于千里之外。这只是一张脸，他心想，其他什么都不是，但它却是一个多面体，让我无它不可，让我欲罢不能。他脸上浮现出微笑。她仍然默默地、没有任何表情地注视着他，手臂放在他的后背上，把他拉到自己的胸前。

七

　　在进城的路上，他在电话线被扯断、树和电线杆被拉倒的地方停车。在牵引绳拉倒树的地方，车轮留下了痕迹。他抹掉了车辙。

　　一切看上去仿佛很自然。他开车进城，通知电话公司。对他没有什么可指责的。即便他不通知电话公司，对他也没有什么可指责的。他没有看到树和电线杆倒了，也没有看见电话线断了。他凭什么要看见呢？帮他在家里铺设电线、安装电脑、他答应通知的那个技师，可以让他在来的路上看到究竟是怎么一回事，也可以不让他看到。

　　技师不在修理场。门上贴着一张纸条：拜访客户，稍后即回。但是纸条已经发黄了，隔着脏兮兮的窗户看不出修理场是在营业，还是在休假，还是整个冬天都关门歇业。里面的桌子上有电话、电脑、电线、插头和螺丝刀。

　　在百货商店，他是唯一的顾客。店老板和他打招呼，告诉他下周六这里要举办一个城市节。他来不来？带不带太太和女儿？他从没有带凯特和丽塔逛过百货商店，也没有带她们去过其他商店和餐馆，顶多只是一块儿开车穿过城市，仅此而已。店老板还知道他些什么？

这个时候他看见《纽约时报》登出了凯特的照片。她获奖了。报纸报道了她没有出席颁奖仪式，还报道了她的经纪人代为领了奖，媒体希望她发表获奖感言，但是找不到她人。

店老板不看报纸吗？他没有认出照片上的凯特吗？他开车带她经过城市时，他没有仔细看过她吗？他开车带她经过城市时，有没有其他人仔细看过她？他们能认出照片上的她吗？他们会不会打电话给《纽约时报》，告诉报纸在哪里可以找到凯特？他们会不会通知《每周先驱报》？这家报纸除了刊登广告，还刊登一些微型报道，内容有犯罪、事故、开业、奠基、周年庆、婚礼、出生和死亡。

柜台上还有三份《纽约时报》。他很想把三份都买了，这样别人就买不到，也就看不到这条消息了。但是这样会引起店老板的注意。于是他只买了一份。此外他还买了一瓶威士忌，让店老板装在棕色的纸袋里。在往汽车走时，他经过了几堆蓝色的隔离墩和带隔离彩带的警用隔离桩，墩子和桩子码放整齐，准备用来在城市节隔离交通。他再一次开车到修理场，还是没有找到技师。

他至少可以告诉凯特，他找过了，但是没有找到。

他从邮箱里取出邮件，看都不看直接塞进遮阳板后面撑得鼓鼓囊囊的口袋里。他再一次把车开到观景台，停下车，喝酒。威士忌喝到嘴里咽到嗓子里有一股火烧火燎的感觉，他呛了一下，连连咳嗽了几声。他看着棕色的包装袋和手中的酒瓶，想到了城市里的那些流浪者，他们坐在纽约中央公园的凳子上，一手拿着棕色的纸袋，一手抓着酒瓶喝酒。他们已经无法把握住他们的世界了。

上一次坐在这里时，树叶还是色彩斑斓、鲜亮鲜亮的。但是现在，所有的色彩都已经发闷，在秋天中耗去了鲜活，在水汽中失去了光泽。他摇下窗户，呼吸清凉潮湿的空气。他盼望冬天的到来，这是在新房子里的第一个冬天，期盼晚上一家人坐在壁炉旁，一块儿做手工，一块儿烘烤，期盼圣诞花环、圣诞树、烤苹果、圣诞烧酒，期盼凯特能空出更多的时间和他和丽塔在一起。

他还期盼能在新家邀请纽约的朋友。不是在酒会或招待会上认识的广告公司、出版社和媒体的那帮人，而是真正的朋友，彼德、丽兹、斯蒂夫、苏珊。彼德和丽兹也都是作家，斯蒂夫是老师，苏珊经营首饰。只有他们认认真真和他们谈论过搬到乡下的原因，只有他们几个有他们在乡下的新家地址。

是的，他们知道他们住在哪儿。但是如果这会儿他们真的来了，会出现什么情况？因为看到了《纽约时报》的报道，推断好消息还没有送到凯特手中，所以想好心扮演信使的角色？

他又喝了一口。千万控制不能喝醉了。必须保持头脑清醒，思考怎么办。给朋友们打电话？就说凯特已经知道了获奖的事情，只是不想参加这种闹哄哄的活动？但是朋友们都了解凯特，知道她爱热闹，喜欢庆祝，肯定不会相信他，说不定反而要来。

他心中升起了一丝惶恐。如果朋友们明天出现在家门口，凯特后天肯定会出现在纽约，那么一切就又都重新开始了。如果他不希望出现这样的局面，就必须想出更好的法子。但是怎么撒谎才能让朋友们不会来呢？

他下车，一口气把酒喝干。酒瓶画了一个大大的弧线飞进树林。他的生活总是这样：面临选择的时候，从没有好的选择。父母，当年父母离婚的时候，他要选择跟父亲还是跟母亲。学习和工作，他要么选择必须挣钱付学费的学业，但是这样会耗掉他全部的业余时间，要么选择他讨厌的工作，但是有时间写作。国家，他要么选择德国，但是他觉得生活在这个国家很陌生，要么选择美国，生活在这个国家他同样觉得陌生。他多么希望能和别人一样，能在两样好的东西之间进行选择。

他没有打电话给朋友，而是直接开车回家，告诉凯特，没有找到技师，他明天想再试一次，如果再没有结果，就到附近的城市重找一个，或者直接找电话公司。凯特很生气，不过不是气他，而是气乡村的生活，这里的基础设施和纽约实在无法相比。看到她的话刺痛了他，她缓和了语气："我们可以投资改善基础设施，在房子后面的山上竖一根电线杆，这个钱我们还是付得起的。这样我们就不用依赖什么技师和电话公司了。"

八

　　深夜，他突然醒了。时间还不到两点。他轻轻起床，站在窗前，透过窗帘缝朝外看。天空很清澈，虽然没有月光，但是草地、树林和小路依然可以看得清清楚楚。他抓过椅子上的衣服，踮着脚尖走出房门，走下嘎吱作响的楼梯。在厨房，他穿上衣服，在牛仔裤和套头衫外面穿了一件棉衣，拿上棉帽，穿上靴子。外面挺冷的。他看见草地上蒙了一层霜。

　　他轻轻推开门，关上门。他再次踮起脚尖，走向汽车，插上钥匙，松开方向盘锁，用手抵住打开的车门，一边控制方向，一边推车，将车推离草地，一直推上小路。汽车推起来很费力，他喘着粗气，身上开始冒汗。汽车轧在草地上时，听不到滚动的声音。但是到了小路上，石子在轮胎下发出咔嚓的声响，此时在他听来，声响格外大。但是很快小路就变成了下坡，汽车可以溜坡了。他跳上车，拐了几个弯后，他估计家里听不到汽车的声音了，于是他发动汽车。

进城的路上只遇到了几辆汽车，看来都不认识。城里只有很少的几个窗户还亮着灯，都是住家。他想象里面的人家，母亲坐在床边，守着生病的孩子；父亲在烦恼，为了生意上的事情；或者是已经睡够醒来的老人。

干道两旁的窗户都黑黢黢的。他沿着街往下开，街边的凳子上没有醉酒的人，过道里没有热恋的情人。他经过警察局，里面也是黑黢黢的。门口的停车场上停着两辆警车，入口处拉着一根链子。他关闭大灯，缓缓倒回去，在几堆交通隔离墩和带隔离彩带的隔离桩旁停住。他等了一会儿，看看有没有动静，然后轻轻下车，小心翼翼地搬了三个隔离墩和两个隔离桩放在后备厢里，轻轻上车，又等了一会儿，然后灭着大灯一路往前开，直到把城市甩在了身后。

他打开收音机。正在播放《我们是冠军》。他小时候就喜欢这首歌，很长时间没听了。他跟着哼唱。凯旋感又一次在心头升起。他又一次做到了。他体内的能量远比人们看到的要多。他又一次把事情做得天衣无缝，别人根本抓不到他的任何把柄。一个走眼就过去了，谁又会知道这些隔离桩是怎么跑到这儿来的？又有谁想知道呢？

他边开边想，应当把隔离桩放在什么地方。从公路拐到通向他家的小路是一个九十度的三岔路口，紧接着又是一个急弯，然后几乎和公路平行一直往下。把隔离桩放在三岔路口太显眼了。如果放在后面的急弯处，效果是一样的。

一切进展迅速。他过了急弯停住车，把隔离墩放在地上，在上面竖起隔离桩。道路被封闭了。

在汽车快要驶上门前上坡的坡顶时，他熄灭发动机，关上灯。最后的冲劲足够了。汽车在黑暗中悄无声息地离开了小路，滑上了草地。时间是四点半。

他坐着没动，细听了一会儿。他听到了树林中的风声，间或有几声动物的叫声，或者树枝折断的声响。家里面没有一丝动静。天很快就要蒙蒙亮了。

凯特问了一声："你上哪儿去了？"但是她并没有醒。第二天早晨，她对他说，觉得昨天夜里他好像出去又回来了。他耸了一下肩。"上厕所去了。"

九

接下来的几天，他过得很幸福。当然，幸福里面也夹杂着些许担心。如果警察看到了隔离桩，如果住在附近的人看到了隔离桩，报了警，如果朋友们没有被隔离桩迷惑住，那会怎么样呢？但是没有人来。

他每天一次，取下一根隔离桩，挪开一块隔离墩，让车开过去。再去根本没有开门的修理场。他也去了邻近的小城，找到了一个技师，但是没有和他约时间。他也没有给电话公司打电话。每次搬走隔离桩和隔离墩，再搬回墩子和桩子，他感觉好极了。他觉得自己仿佛是一个城堡的主人，在关闭和开启城堡的大门。

他每次都以最快的速度回到家。凯特在等着回到她的写字台旁，他急切地盼望着享受自己的世界：凯特在楼上写作给他带来的安全感，丽塔绕他膝下给他带来的快乐感，家庭日常生活给他带来的亲切感。感恩节就要到了，他给丽塔讲英国清教徒移民和印第安人的故事。他们一块儿画了一幅很大的画，上面有很多人在庆祝感恩节：有清教徒移民，有印第安人，还有凯特、丽塔和他。

"那些清教徒和印第安人，他们会到我们这儿来吗？"

"不会的，丽塔，他们早就死了。"

"但是我希望有人来看我们。"

"我也希望。"凯特站在门口说，"我快完了。"

"你的书？"

凯特点点头。"是的，我的书快完了。大功告成后，我们要好好庆祝一下。把朋友都邀请来。还有我的经纪人、老师，还有邻居。"

"快完了是什么意思？"

"这个周末可以收笔。怎么，你不高兴？"

他走到她面前，把她搂在怀里。"我怎么能不高兴呢？这是一本很了不起的书，肯定会好评如潮，在巴诺书店肯定会成堆地摆放在畅销书柜台上，而且一定会拍出一部好电影。"

她抬起头，稍稍后仰，看着他微笑。"你真是一个宝贝，那么有耐心，悉心照料我、丽塔、我们的家、我们的花园，而且日复一日，重复着同样的事情，从不抱怨。现在我们的生活又可以重新开始了，我向你保证。"

他透过窗户，看厨房后面的院子，里面堆着木头和有机堆肥。

池塘靠岸边的地方已经上冻，没多久就可以在上面溜冰了。这难道不是生活吗？她说的生活又是什么样的生活呢？

"我下个星期一进城。先要去网吧，还要打电话。要不要和朋友们一起过感恩节？"

"时间太短，来不及邀请。再说丽塔总不能跟那么多大人一块儿过节吧。"

"如果给丽塔讲故事，和她一起玩，相信每个人都会很开心。她和你一样，也是一个好宝贝。"

她在说什么？他和女儿一样是一个好宝贝？

"我也可以问一下彼德和丽兹，看看他们是不是愿意带上他们的侄子。也可能孩子的父母希望在感恩节期间孩子能留在身边，不过问一下没坏处。我的老师有一个儿子，年龄和丽塔差不多。"

他听不下去了。她欺骗了他。她原来保证的是在冬天或春天完成，可是她现在就要完成了。本来是要过几个月，经纪人才会到家里来，举着香槟酒杯，把大奖亲手交给她。但是大奖的闹剧现在就要开始了，只是比实际颁奖稍微迟了一点点。他能有办法反对吗？真要是到冬末春初才能完成，在这之前他又能干些什么呢？能说服凯特，一直等着修理网络和电话线，高高兴兴地让他到城里的网吧去收她的电子邮件？她既然放心他接收邮局的邮件，为什么就不能放心他接收电子邮件呢？也许会像一八七六年那场雪灾，雪开始下了，然后便没完没了一发不可收拾了。这样，他们就可以一个冬天待在家里，不闻窗外之事，一门心思地写作、阅读、游戏、做饭、睡觉。

"我上楼了。我们三个人在星期天自己先庆祝一下，可以吗?"

十

他该放弃吗？但是凯特从来没有这么平静过，写作从来没有像这半年这么轻松过。她需要这里的生活，丽塔也需要这里的生活。他绝对不会放任自己的天使去面对城市的交通、犯罪和毒品。如果他能让凯特再生一个孩子，最好再生两个，他会自己在家里教他们学知识。给一个孩子上课，他觉得教学效果会有问题，但是如果给两个或者三个孩子上课，效果肯定不会差。由他来教育丽塔难道不是比一所差学校教育丽塔更好吗？

星期天，凯特早早就起床了，快到傍晚的时候，她的小说收笔了。"我完成了！"她高声叫喊，从楼梯上直奔下来，一手搂着丽塔，一手搂着他，围着柱子跳起舞来。之后，她围上围裙。"今天晚上我们自己做。家里有什么？你们想吃什么？"

在做饭和吃饭时，母女俩放纵得可以用得意忘形来形容，她们看什么都笑，说什么都笑。小心乐极生悲——以前他奶奶一直这么警告孙子们，因为笑得过分了，就会笑出眼泪来。他也想这么警告凯特和丽塔，又觉得这样做太扫一家人的兴，于是作罢。但是他的情绪却越来越低落。母女俩的得意忘形挫伤了他的自尊心。

"讲一个故事，就一个故事。"丽塔吃完饭后乞求道。这一次在做饭的时候，他和凯特没有做准备，不过通常情况下，只要一个人说了，另一个人就可以接下去，他们只需相互仔细听着就可以了。但是今天他卡壳了，故事说得吞吞吐吐，弄得凯特和丽塔对故事全然没了兴致。当他觉得不好意思时，却做不到将气氛再活跃起来。再说丽塔也该上床睡觉了。

"我送她上床。"凯特说。他听见丽塔在浴室哈哈大笑，在床上翻腾。一切安静下来后，他在等丽塔要他上去亲吻，说晚安。但是她没有喊他。

"女儿很快就睡着了。"凯特坐到他的身边，对他说。对他低落的情绪，她一个字都没说。她的情绪仍然处于兴高采烈的状态。由于在这种状态下，她甚至觉察不到他的心情有多么坏，因此他的心情更坏了。她的脸已经很长时间没有像今天这么光彩照人了，脸颊泛着光彩，眼睛闪闪发亮。不论是站立还是走动，她处处表现出了自信。她知道自己的美丽，而且还知道乡村的生活配不上她的美丽，只有纽约大都市才是她美丽容貌的最佳搭配。想到这里，他的勇气顿时消失得无影无踪。

"我明天吃完早饭进城。要我买什么东西吗?"

"不行,你不能进城。我和约拿唐约好了,明天帮他修粮仓顶,需要汽车。你原来告诉我,小说在周末可以写完,因此我想,你明天可以陪丽塔一天。"

"但是我说过了,我明天要进城。"

"那么我讲话就不作数?"

"我没这么说。"

"但是听上去是这个意思。"

"对不起。"她不想争吵,只想解决问题。"你在约拿唐家下车,我继续往下开,进城。"

"那么丽塔呢?"

"和我一块儿去。"

"你知道她晕车。"

"那我就把她和你一块儿放在约拿唐家,到那儿只有二十分钟的路。"

"二十分钟她也坚持不了。"

"丽塔只晕过两次车,一共只有两次。她在纽约坐出租一点问题没有,而且从纽约搬到这儿,她也是坐车过来的。你脑子里始终有一个固执的想法,认为她坐车不行。我们完全可以试一试……"

“你要拿丽塔做实验？看她是晕车，还是没有问题？不行，这样不行，凯特，你不能拿我的女儿做实验。”

“你的女儿……你的女儿。丽塔是你的女儿也是我的女儿，要说就说我们的女儿，或者直接叫丽塔。别装成忧心忡忡的好爸爸，好像必须在凶狠的恶妈妈面前保护女儿似的。”

“我什么也没装。我关心丽塔比你多，这是明摆着的。如果我说她不能坐车，那她就不能坐车。”

“为什么我们明天不能问问她？她知道自己想做什么。”

“她还是一个小孩子，凯特。如果她说想坐车，但是却吃不消，你说怎么办？”

“那我就把她抱在怀里，把她抱回家。”

他摇头，不停地摇头。她说话太幼稚了，幼稚得他甚至觉得自己好像真的要和约拿唐修粮仓。他站起身。“冰箱里还有半瓶香槟，喝了怎么样？”他吻了一下她的头发，拿过来酒瓶和两个杯子，斟满酒：“为了你，为了你的书，干杯！”

她勉强挤出一丝微笑，举杯，喝干。“我想我还是应当再看一眼我的书。自己睡吧，不要等我。”

十一

　　他没有等她，独自上床睡觉。但是他久久没有入睡，一直到她躺到身边时，他仍然没有困意。天色黑沉，他没有说话，呼吸很均匀。凯特先是仰躺了一会儿，似乎是在考虑，要不要叫醒他，和他谈谈，但最终还是把身子侧转了过去。

　　他第二天早晨醒来时，发现身边是空的。厨房传来凯特和丽塔的声音。他穿上衣服，走下楼。

　　"爸爸，我要坐车!"

　　"不行，你会生病的。要等到你长大了，长强壮了。"

　　"但是妈妈说……"

　　"妈妈的意思是以后，不是今天。"

　　"我是什么意思不要你说。"凯特说道，语气还有所控制。但是忽然之间，她的控制全部消失了，她冲着他嚷道："你在说什么废话! 你说今天要去帮约拿唐修粮仓，但是睡到现在才起来? 你说冬天要带丽塔去滑雪，但是却认为坐车太危险? 你是不是想把我变成一个围着灶台转、等着丈夫把汽车施舍给她开的家庭妇女？告诉你，要么我们三人一起走，你在约拿唐家下车，要么我和丽塔两人进城。"

"我要把你变成围着灶台转的女人？成天围着灶台转的不是我吗？我是什么？一个一事无成的作家？靠你的钱过日子？成天照料女儿，却不能决定任何东西？男保姆？清洁工？"

凯特重新控制住情绪。她扬起眉毛，看着他。"你知道，我指的不是这些。我现在进城。你一块儿去吗？"

"你不能进城！"

凯特给自己和丽塔穿上外套和鞋子，朝门口走去。见他挡在了门口，凯特抱起丽塔，从露台往外走。他犹豫了一下，然后跟在凯特后面，拉住她，死死抓住她。这时丽塔开始哭了。他松开手。凯特走下露台，穿过草地，朝汽车走去。他一直跟在后面。

"不要，不要走！"

凯特没有回答，径直坐在方向盘前，把丽塔放在副驾驶的位置上，关上车门，发动汽车。

"不要让她坐在前面！"他想开车门，但是凯特按下了门锁。他敲门，拉住把手，想拽住汽车。汽车开动了。他跟在旁边跑，看见丽塔跪在副驾驶座位上，泪流满面，惊恐地望着他。"安全带！"他喊道，"给丽塔系安全带！"但是凯特没有任何反应，汽车进入了行驶状态。他不得不松手了。

他跟在后面跑，但是追不上。汽车在石子路上开不快，但还是把他甩下了。在两个弯道之间，他们的距离越来越大。最后，汽车不见了，他只能听到声音渐渐远去，越来越远。

他依然跟在后面奔跑，即便追不上，也必须跟在后面追。他必须在后面追赶，只有这样，才能把自己留在凯特的身边、丽塔的身边，把自己留在她们的生活中间。他必须在后面追赶，只有这样，才不会回到一个空无一人的家中。他必须追赶，只有这样，才不会让自己停下脚步。

到最后实在跑不动了，他弯下腰，用手撑住膝盖。待稍稍平静了一会儿后，他不仅能听到自己的呼吸，而且还能听到远处的汽车声。他站直身体，但是看不见汽车。远处的发动机声仍然可以听见，但是在逐渐变轻。他在等，在等声音完全消失，但是声音没有消失。他听到远处传来一声撞击声。接下来，一切都安静了。

他再一次狂奔起来。他眼前浮现出一个场景，汽车撞上了隔离墩和隔离桩，或者撞上了一棵树，因为凯特及时打住了方向盘。他看见凯特和丽塔满头鲜血，靠在粉碎的前挡风玻璃上；他看见凯特抱着丽塔，跟跟跄跄地走向路边，路上的汽车来来往往，但是没人理会她们；他听见凯特在叫喊，丽塔在哭泣。也有可能两人被卡在汽车里，不能出来。汽油每时每刻都有可能点燃，汽车会爆炸吗？他不停地狂奔。腿已经不听使唤，胸口和腋下一阵阵地扎疼，但是他仍然在不停地狂奔。

他看到汽车了。谢天谢地，汽车没有燃烧。但车是空的，凯特和丽塔不见了踪影，不在车里，不在车旁，也不在路上。他等了一会儿，招手，但是没人停车带他。他重新回到车旁，发现汽车是撞上了隔离墩和隔离桩。隔离墩卡进了保险杠和底盘，因此汽车无法动弹。车门是开着的。他坐到驾驶位置上。挡风玻璃没有碎，但是有血迹，不是驾驶员的位置，而是副驾驶座位的前面。

汽车钥匙还插着。他倒车，但是隔离墩卡在下面跟着走。他用绳子绑住隔离墩，另一头绑在一棵树上，然后倒车，前进，倒车，前进，不断反复。他觉得仿佛这就是对自己破坏电话线的惩罚。终于，汽车脱开了隔离墩，他也筋疲力尽了，和上次一模一样。他把隔离桩和隔离墩装进后备厢，然后朝医院开去。是的，他的妻子和女儿在半小时前被送到了这里。他被带到病房。

十二

　　这里的医院，过道比他所知道的德国医院要舒适得多，宽敞不说，还有皮沙发和鲜花四处点缀。电梯里张贴着一张海报，医院一连四次当选为年度医院。他被领进等候室。医生马上就到。他坐下，又站起来，看墙上的彩色照片，觉得柬埔寨和墨西哥寺庙遗址给人一种压抑感，他又坐下。过了半个小时，门开了，医生和他打招呼。医生年轻，有朝气，开朗。

　　"不幸中的万幸。您的太太用右手臂护住了女儿，"医生边说边伸出右手臂，"由于女儿的撞击力很大，所以右手臂骨折了，不过骨折的部位比较整齐。这个骨折可能挽救了您女儿的性命。您的太太还有三处肋骨骨折和颈椎过度屈伸损伤。不过这都能恢复。住几天医院就可以了。"医生说到这里笑了，"我的病人是国家图书奖的获奖者，这是我的荣耀。此外我也非常高兴，能够担任这个好消息的传递人。我一眼就认出她了，但是开始没怎么敢和她说获奖的事。没想到她自己还不知道。她很高兴。"

"我女儿怎么样?"

"她的额头有一处撕裂伤,已经做了缝合处理,现在在睡觉。今天晚上我们会照看她的。如果没什么事,您明天就可以接她回家。"

他点点头。"我可以看看我妻子吗?"

"跟我来。"

凯特躺在一间单人病房里,脖子和右手臂缠着白色塑料夹板。医生随后走出房间。

他把一张椅子搬到床旁边。"祝贺你获奖。"

"你早就知道了。你差不多每天都进城。在城里你肯定看了《纽约时报》。为什么不告诉我?因为你当作家不成功,所以我就不能成功吗?"

"不是的,凯特。我只是想维系住我们的世界。我不嫉妒。你有那么多畅销书……"

"我不觉得我比你强。你也应当获得同样的成功,但是很遗憾,这个世界不公平,没有把同样的成功也赋予你。但是我不能因此而放弃写作,不能因此而使自己渺小。"

"像我这样渺小?"他摇摇头,"不,不是的。我只是不希望再出现那种忙于应酬的生活,采访、谈话节目、招待会,等等等等,没完没了。再次出现的应当是这半年的生活。这半年我们过得多好。"

"我不希望我只是一个影子，早晨消失在写字台旁，晚上和你坐到壁炉前，每周假装一次家庭生活。这样的生活我受不了。"

"我们不是坐在壁炉前，我们是在交流。我们不是假装家庭，我们就是家庭。"

"你心里明白我的意思。在过去这半年，我对你做的，其他女人也能做到。白天忙些自己的事情，没什么话说，晚上搂搂抱抱。一个男人如果因为嫉妒，而对我仅剩下这么一点期望，或者他就只喜欢这个，那么我要说我不愿意和这样的男人生活在一起。"

"这话什么意思？"

"我们要离开你。我们搬……"

"你们？你和丽塔？我给丽塔换尿布、洗澡、做饭，教她认字写字，你要带她走？她病了，是我照看她。你要带她走？法官不会把丽塔判给你的。"

"在你今天的谋害之后仍然不会吗？"

"我的谋害……"他再次摇摇头，"这不是谋害，我只是想把一切都阻断掉，电话、互联网，还有道路。"

"这就是谋害。开车送我到医院来的那个人会报警的。"

他原先弓着腰，埋头坐着。听到这话，他挺直了身体。"我们的车已经给我弄好了，我是开我们的车过来的，隔离桩我已经移除了。警察所能找到的唯一证据就是你开车带孩子，没让孩子坐在儿童座椅里，没给孩子系安全带。"他直视他的妻子。"法官不会把丽塔判给你。你会和我待在一起的。"

她怎么看他？以为他充满了憎恨？不是这样的。完全理解错了。让她感到痛的，不是手臂和肋骨的骨折。让她感到痛的，应当是他让她的计划落空了。她应当明白，没有他，她什么也计划不成。也该是她学会理解这一点的时候了。他站起身。"我爱你，凯特。"

她有什么权利用惊愕的目光看着他？她有什么权利对他说："你是神经病。"

十三

　　他开上城市的主干道。他本可以神不知鬼不觉地把隔离墩和隔离桩放回去，但是城市庆典已经结束，隔离桩已经被搬走了。

　　他在百货商店给电话公司打电话，报修损坏的电话线。对方答应当天下午就派维修组去修理。

　　到了家里，他走遍每个房间。在卧室，他拉开窗帘，推开窗户，收拾床铺，将睡衣折叠整齐；在凯特的书房，他站在门口。她已经收拾了房间。写字台上只有电脑、打印机和一叠打印过的纸张。原先放在地上的书和纸头已经被收拾到书架上。一切看上去仿佛她完成的不是一本书，而是生命的一个阶段。目睹此景，他顿感伤心。丽塔的房间散发着小姑娘的香味。他闭上眼睛，抽动鼻子，嗅、闻，她的香波味，她的汗味，还有从来不让洗的她的那个小熊。在厨房，他把碗碟收拾进洗碗机，其他东西则保留在原地：毛线衣，仿佛凯特随时都会回来穿上它；画画颜料，仿佛丽塔马上就会坐到桌旁，继续画她的画。他感觉有些冷，把暖气的温度调高了一点。

他走到门前。法官不会夺走他的丽塔的。即便是最坏的情况，一个好律师也会帮他争取到可观的生活费。他可以用这些钱，带着丽塔生活在山中，丽塔的妈妈则生活在距离这里有五个小时车程的地方。凯特真的要走极端吗？她会看到她得到的结果是什么。

他朝树林望去，看着房前的草地、苹果树。今年不能一块儿在上冻的池塘上溜冰了？不能一块儿在池塘对面的山坡上滑雪了？退一步讲，即便丽塔在情感上能接受没有母亲的生活，即便他在经济上没有凯特也能对付，他仍然不希望失去原来的世界。今年夏天的这个世界常常给他一种感觉，仿佛他原来的世界一直就是这样的，而且将永远是这样。

他会考虑出一个让家庭聚合的方案。自己手上有那么好的牌，如果做不到这一点，岂不是让人笑话！明天他就去接丽塔。再过几天，他会带上丽塔，站在医院门前，等待凯特。而且还有鲜花。而且还有一块"欢迎回家"的牌子。而且还有他们的爱。

他走到汽车旁，卸下隔离墩和隔离桩，搬到厨房后面专门给壁炉劈柴火的地方。他一直忙乎到天黑，拔出隔离桩上的钉子，对桩子和墩子又是锯又是砍，把它们弄成碎片。他借着厨房落到后院的灯光，把木片扫成一堆，然后搬来已经为过冬储备好的木柴，把它们混在一起。

他把新旧木柴装进篮子，拎到壁炉旁。电话铃响了，是电话公司打来的，电话线修好了。他打电话给医院，医院告诉他凯特和丽塔已经睡了，他不用担心。

火点着了。他坐在壁炉前，看着木柴变成火焰，燃烧，变成暗红，最后坍塌。在一个蓝色的木片上，他还能看见一个白颜色的"线"字，这是"警戒线·禁止通行"中的一个字。火焰融化了颜色，字迹变得模糊，最后被火焰吞噬掉。过几个星期，他要像现在这样，和凯特和丽塔坐在壁炉前。凯特会在某一块木片上看见"禁"或者"止"，会想到今天这个日子。她会明白，他是多么的爱她。她会挪到他的身边，蜷缩在他的怀里。

夜晚陌生人

一

"您认出我了，是吧？"他刚在我旁边坐下，就和我打招呼。他是最后一位乘客。他上来后，飞机便关上了舱门。

"我们……"我们和其他乘客一起，站在头等舱候机厅的吧台旁。雨水冲刷着窗玻璃。纽约到法兰克福的航班一再推迟。我们喝香槟，讲述航班晚点造成耽误的故事，以此打发时间，消除懊恼。

他没容我说完，"我从您眼睛里看出来了。我熟悉这种眼神：先是询问，然后是恍悟，再往后是惊讶。您怎么知道……这个问题太愚蠢了。毕竟我的故事在所有报纸、所有电视台都报道过。"

我朝他打量过去。约莫五十岁上下，高个子，身材瘦削，脸庞看上去挺舒服，像是个知识分子，黑色的头发中夹杂了不少白发。在吧台等飞机时，他的故事没给我留下什么印象，引起我注意的只有他微微发皱、质地柔软、有坠感的外套。

"不好意思，"我为什么要说不好意思？"我没认出您。"飞机离开了地面，直上天空。我很喜欢刚起飞那几分钟的感觉，后背被紧紧推在椅背上，小腹发紧，身体能感觉出人腾空了。我从窗户俯瞰灯火的海洋。飞机拐了一个大弯，我能看到的只有天空。等飞机平稳后，下面变成了一片月光粼粼的海洋。

我的邻座轻声笑了。"以前总是别人跟我打招呼，我否认。今天我想熊心豹胆试一回，可惜现在没有熊也没有豹。"他仍然在笑，自我介绍道："维尔纳·闵策尔。祝飞行愉快！"

喝开胃酒时，我们随便聊了聊。吃晚饭时，我们都在看电影，但是片子不同。我完全没有料到，机舱灯关闭后，他会转身对我说："您很累吗？我知道，我没有权利打扰您，但是如果您不反对的话，我想把我的故事讲给您听……故事不长。"他停顿了一下，再次轻声笑了。"不对，故事还是挺长的。我会非常感激您的。您可能不知道，媒体讲了很多我的故事，但那些都不是我的故事，那是他们的故事。真正的我的故事到目前为止还没有人讲过。我必须先学会讲故事。最好的学习方法就是把故事讲给一个从没有听过这个故事的人听，而且还是一个夜晚陌生人。"

我不属于那种在飞机上睡不着觉的人，但是也不想表现得没有礼貌。此外，在说夜晚陌生人几个字时，他的语气柔和中夹杂着揶揄，有些触动了我，也让我产生了一丝向往。

二

　　"故事开始于伊拉克战争前。我当时在经济部谋了一个职位，并且应邀加入了一个由内务部、外交部和大学的年轻人组成的圈子。这是一个读书的圈子，也是一个聊天的圈子。当时在柏林，这种交友式沙龙重新时髦起来了。圈子成员每四个星期聚会一次，晚上八点，大家在一起讨论，喝几瓶葡萄酒。经常是到了晚上十一点，各自的女朋友也纷纷加入，有的是刚下班，有的刚看完戏，或刚听完音乐会。她们嘲笑我们拿看书那么当真，对讨论有那么大的兴致。经常到结束的时候，气氛会变得活跃热烈起来。

　　"有的时候，我们的外交官会邀请我们参加他们的招待会，当然，不是那种高级别的招待会，受邀参加的客人都是些外国的诗人或艺术家。刚开始，我和我的女朋友在招待会上只和我们认识的人交谈，后来我们发现，其他人其实很希望我们能主动和他们攀谈。当然，有些人很重要，重要到对我们不屑一顾，也有一些人，他们会装做自己很重要。不过这种人很少见。我以前从没想到，参加招待会是一件很开心的事。

"我应当有所觉察的……我发现，科威特大使馆的一个随员在向我的女朋友献殷勤。我是不是应当避免这种交往？不过他献殷勤不是动真感情，他不是在追求我的女朋友，只是在欣赏她的美貌。这种情况我也有，如果我遇到一个喜欢的女人，我也会向她献殷勤——只是为了让她知道，而不是为了得到她。我的女朋友对他的殷勤做了回应。当然，她不是在鼓励他得寸进尺，而是让他知道，她对他的恭维感到高兴。"

他说话的时候，身体撑在扶手上。说到这里时，他身体后仰，靠在后背上。"我的女朋友非常漂亮。我特别喜欢她金色的秀发。绺绺秀发，颜色或深或浅，长发披肩，波浪般起伏。还有她的脸，始终闪耀着光彩。'我的天使！'我多想不停地这么对她说，'我的天使！'还有她的身材！"说到这里，他又轻声笑了。"您知道，女人看自己总是不满意。也许她的小腿肚子的确有些臃肿，但是我喜欢。它反而让这个金发美女有了一种脚踏实地的感觉。这种小腿肚对她的身份再适合不过了，她爷爷是农民，父亲是铁路工人，她自己是一个干练的医生。我还喜欢她一点，她的鼻子和上嘴唇之间的部分，因为上苍的造化，生得比较短，所以她的嘴巴经常会留一个小缝。这反而赋予了她一种可爱的惊奇表情，仿佛一个孩子，对世界怀有不尽的惊叹。但是如果她集中思想考虑问题，她会闭上嘴唇，这个时候她的脸上就会显现出一种坚定。啊，还有她走路的姿态，您知道那首法国歌吗，里面有一句歌词：她不是在走路，她在跳舞?"他轻轻哼起了歌的曲调。

"我们悔不该接受那个随员的邀请。但是我的女朋友喜欢到远方的国家去旅游，而我呢，我不喜欢旅游……这不是疯了是什么？我不喜欢旅游，那个时候也不喜欢，但是我必须去，因为那次旅行，是为了我的生命而去的。我的意思是，那次旅行是我欠她的。而且我也很高兴，我们不是作为天真幼稚的游客去旅行，我们有联系人，有落脚点。没人警告我们，也的确没有什么好警告的。我们接受了邀请，在复活节飞了过去。

"我们没有住在随员和他的部落居住的由房子、院子和花园组成的群落，我们住的是酒店。我觉得他能照顾我们就已经足够了。每次外出，他都陪着我们，有的时候还会带上他的兄弟或朋友。我们去沙漠、油田，乘渔船出海，参观大学、议会，赌钱，玩赛骆驼。根本不是什么冒险之旅，而是地地道道的有钱人休假。那里的基础设施和佛罗里达一样，有法国餐馆，野餐都是用桌子，铺有台布，备有瓷器和银质餐具。我们乘的都是豪华轿车，有专职司机。的确令人难忘。当然，晚上回到我们的套房，或者早晨坐在阳台上，观赏日出，也同样令人高兴。在地中海也好，在波罗的海也好，看的都是太阳沉入大海，我们还从来没有看见过太阳从大海中升起。"

三

　　他把一只手放在我的手臂上。"您很有耐心。我们要不要喝一瓶红葡萄酒？您刚才喝的是波尔多，其实俄罗斯河谷产的黑皮诺味道更好。"他没有等我的回答，直接按下呼唤铃，说服空姐给我们送来一整瓶。他的声音很快乐，仿佛回忆和讲述给他的生命注入了活力。

　　"有一天早晨，他们不能来接我们，于是我们自己要了出租车。在坡上，有两个男的和我们打招呼。吃早饭的时候，他们就坐在我们旁边的桌子，还和我们交换过报纸。他们问可不可以捎我们进城。我们上了他们的车。我坐在后排座上，我的女朋友坐在前面。车子开动了。在一个交叉路口等红灯的时候，开车人请我帮他把一封信投进邮筒。您可能会问，为什么是我，为什么不请车上的其他人，他为什么不自己下车。另外一个男的是瘸腿，我一开始就发现了，驾驶员的座位在左面，而邮筒在右侧。从车窗把信投到邮筒里就差那么一点点。于是我下车。这时信号灯转换成绿灯，汽车开动了。当时街上的车很多，我心想驾驶员肯定是不想阻碍交通，他会兜一个正方形的圈子，过一会儿还会回来。"

他停住不说了。他按灭照在他和我座位上的顶灯。是不是不想让我看到他的痛苦？我没有说话，而是抓住他的手，紧紧握了一下。

"是的，汽车没有回来。我在原地等了有半个小时，然后给随员打电话。他给部长打电话，部长立刻派警察，封锁街道，加强机场检查，海岸警察也加强了戒备。我被带到警察局，对着数百张照片进行指认。但是我没有发现那两个男的。德国大使和夫人把我接了过去，把我安置在他们的官邸。他们不能让我独自一个人应付这种局面。各方都很认真、努力，态度都很好。

"第一天夜里，我彻夜未眠。随着新的一天来临，我产生了新的勇气，起床时，内心充满了新的希望。后面几天，每天起床我都充满了新的希望。但是到后来，我不得不承认，情况不妙。大使给我讲了一些中东贩卖欧洲妇女的事。回到德国后，我找了很多关于这方面的资料。以前有一种中转站，那里不仅出售抢来的女人，而且也可以出钱把自己的女人竞拍回来。现在不这样了，现在先用摄像机偷拍女人，感兴趣的买主先看录像，然后出价，通过互联网订购，之后才实施抢人。当丈夫或者朋友或者警察发现时，所有的线索早就被消除掉了。

"您肯定想知道，这些女人的命运如何。这里交易的都是顶级的女人，价格也是顶级的价格。如果女人配合，她们的日子会很好过。如果不配合，几经倒手，她们最终会落到蒙巴萨的妓院。"

我试图设身处地去想，一个人如果只能寄希望于自己心爱的女人在别人的怀抱里过得舒服一些，那该是怎样的一种痛苦呀？等找到她时，可能连酩酊大醉的蒙巴萨的水手都看不上她了。他会痛苦多长时间？他会等多长时间？

四

　　"一年后，伊拉克战争爆发了。我当时根本没有想到，这场战争会和我有什么关系，或者说我和它会有什么关系。但是科威特的富豪们害怕了，纷纷逃到国外，洛杉矶、戛纳、日内瓦，总之逃到他们有房子的地方。

　　"她是在日内瓦逃出来的。她从窗户爬出来，爬出栅栏，在街上拦了一辆车，然后立即用开车人的电话给我打了一个电话。我立即搭乘第一班飞机飞到日内瓦。她当时很害怕一个人待着，担心他们会找她，会找到她，那个开车人是一个大学生，他把她送到了大学图书馆。我到的时候，她就坐在那里。

　　"您去过日内瓦大学的图书馆吗？富丽堂皇，里面有一个阅览室，看上去就像世纪之交的画册一般。她坐在第一排的正中间，打扮得很显眼，浓妆，擦了不少香水。我走到桌边时，她的头还埋在桌子上。我碰了一下她的手臂。她抬头，尖叫了一声，然后才认出我。"

飞行员从驾驶舱告知前方有气流，提醒我们系上并系紧安全带。空姐走过过道，检查乘客是否按要求去做了，叫醒在睡觉的人，因为毛毯遮挡住了安全带，然后收走玻璃杯。

我的邻座停止了讲述，目光追随着空姐的检视。"看来是真的。我还从来没有看见过机组人员在头等舱叫醒乘客。"他看着我，说："如果飞行中遇到了危险，您会害怕吗？您相信上帝吗？相信您最终会坠落到他的手掌心吗？我不相信上帝。我不相信上帝，也不知道，该不该相信正义和真话。以前我一直以为，人之将死，其言必真。但是也说不定呢，快要死的人可能就是最大的骗子。这个时候再不表演一下，还等什么时候呢？真话……什么是真话？法官都不愿意保证的真话是真话吗？什么是谎言？法官愿意保证的谎言就不是谎言吗？如果真话只是在一个人的脑子里过了一下，但是没有扎下根来，这能算是真话吗？"他又笑了，笑声依旧轻柔。"对不起，我脑子有点乱。我害怕飞行中遇到危险。刚才那个架势，看上去像是有危险。我不会再像彼拉多或拉斯柯尔尼科夫那样喋喋不休了。您肯定会纳闷，为什么要听这个人唠唠叨叨。"

危险果真发生了。仿佛有一只大手抓住了飞机，在戏弄飞机，晃动飞机，时而让飞机沉下去，时而让飞机升上来，然后再沉下去。安全带系住了我的身体，但是五脏六腑却仿佛挪了窝。我把双手放在腹部，紧紧按住它们。过道对面有一个女的吐了，前面有一个男的在喊救命，我身后有行李掉落下来。一直到飞机平稳，大家才开始感到害怕，一方面是对刚刚发生的一切感到后怕，另一方面是害怕有可能再次发生。果真，飞机没有消停。再一次沉了下去。重力再一次牵拽着身体和内脏向下坠去。

五

　　"就这样，我们团聚了。很震撼，很揪心。就像毒药。有时我们很平静，但是彼此已经不再相信了。我们相互监视，直到有一方忍受不下去。关系开始变得冷酷，伤透人心，争吵越来越激烈，越来越粗暴。"

　　他又开始说了？他在说什么？"很震撼，很揪心？什么震撼？什么揪心？"

　　"这就是当时的感觉，就像刚才让我们的飞机上上下下的那场飓风。一种力量，远远强于我们的力量。在阅览室的座位上，我们紧紧拥抱。我整整抱了她一个通宵，后面几个晚上也都是这样。我们住到了一起，而在以前我们是没有这个勇气的。我们心想，一切都会好起来的。但是她不愿意和我上床。一开始我想，她的精神受到了伤害，就像刚刚遭受到强暴一样，她需要时间，需要呵护、体贴和关怀。但是后来我又想，她还在爱着我吗？她的心是不是有一部分还在记挂着那个使馆随员？是不是和他在一起并不怎么糟糕？"

"和那个随员？"

"是的，是他劫持了她。"

"那个随员？没把他抓起来？"

"为了能从日内瓦飞回柏林，她需要一个临时身份证。我们去了德国驻伯尔尼大使馆，向大使说明了一切。大使和瑞士警方交涉，警方的回答是，我们应当和德国警方联系。而德国警方又说，她只能找瑞士警察寻求帮助。没人愿意找科威特政府的麻烦。我们完全可以让媒体介入，只要图片报发一篇报道，明星周刊做一个采访，警察和外交部立即就会做出反应，但是我们不想把自己交给媒体摆布。"

"您怀疑您的女朋友，尽管……"

"尽管她已经逃出来了？"他连续点了好几次头，"我懂您的问题。我也追问过自己好几次。但是被征服、被摆布、被利用也会产生性刺激，对女人和男人都是这样。她和他调过情，他也和她调过情。她不愿意在他的深宅里度过自己的一生，因此要逃跑，但是这并不意味着她没有拿她的身体去和他分享性经历。她拒绝我，我怀疑她，这还不是事情的全部。她反过来也怀疑我。是我把她带到了科威特，让她身陷危险之中。劫持发生后，我没有想尽一切能想的办法去解救她。"

机舱照明灯重新亮起。空姐过来关心过道对面那个呕吐的女子和前面刚才喊救命的那个男子，查看在我身后掉落的行李。我的邻座在不停地往下说，但是我没有听他说，而是在细听发动机的轰鸣，声音有些不大对。我完全没有听到他在说什么，直到他说了一句：

　　"后来她死了。"

　　"死了？"

　　"只有两层楼高。我想，她可能是什么地方摔断了，腿，或者胳膊。但是她死了，是头撞到了地面。"

　　"怎么……"

　　"我推了她，但是她先打的我，我只想把她推开，不想让她再打我。我知道，我不应当推她的。我也知道，我们不应当争吵的。但是那段时间我们经常吵架，我们好像除了吵架，没其他事可做。这不是我们第一次身体发生冲撞，但在阳台上是第一次。我的女朋友个子很高，而阳台的栏杆却很低。我还伸手去抓她的胳膊，想拉住她，但是她一把打开了我的手。"他摇头，"我想，她可能不知道什么样的危险在等着她，不知道自己在干什么。我也不知道是怎么回事。难道说她宁愿死也不愿让我救她吗？"

六

　　我再一次抓住他的手，紧紧握住。一个人带着这样的问题过日子，该是何等的痛苦？这个时候发动机的轰鸣听起来没有什么不正常了。"您刚才不是说过，所有报纸和电视台都报道过您的故事吗？媒体怎么会对这么一个简单的坠楼事件感兴趣呢？"

　　他停顿了一小会儿。"还有钱扯在里面。"

　　"钱?"

　　"是这样的，"他放慢了语速，语气有些忧心忡忡，"那个随员对她说，他是从我这儿花钱买下了她。她虽然不完全相信，但是脑子里一直在转这事，因此总是问我，有时还会和她的一个女友谈这事。她死了以后，那个女友把这事告诉了警察。"

　　"后来呢?"

　　"警察在我的户头上发现了那笔钱。当时有三百万汇进来，我曾试图马上把钱退回去。但是，钱是现金汇过来的，而且好像是从新加坡、新德里或者孟买汇过来的，根本退不回去。"

"有人就这么不明不白地往你账上汇了三百万?"

他叹了一口气。"我们认识的时候,那个随员常常和我们开玩笑,和我们玩贝都因人的游戏。贝都因人有自己的习俗。啊,多么漂亮的金发女郎!要不要换女人?要骆驼吗?我当时和他一块儿玩了这个游戏,讨价还价,做交易。我们当时给一头骆驼定的价是三千,给我女朋友定的价非常高,相当于一千匹骆驼。只是一个游戏。"

我简直不敢相信自己的耳朵。"一个游戏?您就这么笑呵呵地说成交,把这当做一锤子买卖?您去科威特的时候,就一点不害怕会弄假成真?"

"害怕?不,我一点没害怕。我甚至有些好奇,想看看他会不会把游戏玩下去,真的给我牵来一千匹骆驼,或者一辆跑车什么的。有点心痒,但是不害怕。"他又把手放在我的手臂上,"我知道,我犯了一个可怕的错误。但是如果您认识那个随员,您就会明白我为什么会那么做。他的小学和中学是在英国上的公立寄宿学校,受过良好的教育,风趣,懂得人情世故。我当时真的以为我们是在玩一个无伤大雅的跨文化的游戏。"

"但是等到女朋友失踪了……至少是在钱到账的时候,您就知道了她在谁的手里。钱什么时候到账的?"

"从科威特一回来,钱就到账了。我该怎么做?飞回科威特?

对那个随员说，他应当把钱拿回去，把女朋友还给我？让他当面嘲笑我，向酋长控诉我？告诉我们的外交部长，他应当和酋长交涉？我是不是应当雇几个俄罗斯的黑手党，为了找女朋友，把随员的房子掀个底朝天？我知道，一个真正的男子汉，如果他爱他的女人，就应当把她救出来。哪怕粉身碎骨，也在所不惜，宁愿有尊严地死，也不能苟且地活。我也知道，有了三百万，足够雇几个俄罗斯人，弄一架直升飞机，弄一些武器，或者其他什么的。但这是电影，不是我的生活，我做不到。我要是真做了，很有可能俄罗斯的黑手党拿了我的钱就消失了，武器是生锈的，直升飞机可能有机械故障，根本飞不起来。"

七

我全然忘记了发动机的声音。但是飞行员也听出了发动机工作不正常，可能看到了指示灯在闪烁，指针在跳动。他从驾驶舱通知全体乘客，飞机过一个小时将在雷克雅未克降落。没有必要惊慌，飞机可能有点小问题，按理可以飞到法兰克福，但是保险起见，还是在雷克雅未克做一次检查。

这一次广播引起了乘客的骚动。没有必要惊慌？既然能飞，为什么要降落？这是不是意味着我们不能飞了？情况是不是真的有危险？有人开始谈论雷克雅未克，没有夜晚的夏天，没有白天的冬天，间歇温泉，冰岛矮种马和冰岛苔藓。座椅靠背被调直了，小桌板和显示器被收起了，空姐被乘客呼唤来呼唤去。乘客的情绪激动起来了，说话的声音开始变大，气氛热闹了。这时有人发现飞机发动机在冒黑烟。消息迅速传开，每个传完的人都不再说话。很快，机舱里一片死寂。

我的邻座低声说："可能是刚才飞过风暴时，有闪电击中了

176

发动机。我听说过，这种事情经常发生。"

"是的。"我轻声说。我觉得发动机发出的是吱吱嘎嘎的声音，好像有什么东西卡在了活塞、活塞杆和齿轮之间，发动机好像拼命要把这个东西磨碎。但是发动机给人的感觉像是受伤了，筋疲力尽了，磨不动了。我害怕了。故障发动机发出的声响听着让我难受，就像一个受伤的人在呻吟。"那些钱您后来怎么处理的？"

"我知道，那些钱我不应当碰，应当就放在那里。但是我这个人会一点理财，我的钱虽然不多，但是都做了投资，投过基金，投过指数。"他抱歉地挥了一下手臂，"现在我真的有钱了，可以好好地做一次投资了。我只用了三年的时间，把三百万变成了五百万。如果不理财，那么财又有什么用呢？对任何人都没有用处。您听过一个寓言吗？一个主人给了三个奴隶一人十块钱，三个奴隶回来后，用钱理财的两个奴隶受到了奖赏，把钱放在那儿没动的奴隶则受到了惩罚。你做了，别人就会给你，你没做，别人就会把你仅有的拿走。就是这个道理。"

"但是在法庭上，我发现其他人不是这么想的。"他摇了摇头。"听法官说话的口气，好像我真的把女朋友给卖了似的。他说，如果不是这样，我为什么会收了这笔钱，而且还用它投资？

好像是我蓄意把她给杀了似的。法官还问，她是不是掌握了实情，以此威胁我，敲诈我。但是检察官没有证据，什么也证明不了。可是这个时候邻居出现了。"

八

　　我看不到发动机，也看不到黑烟，但是能听到吱吱的声音。到后来，声音消失了。与此同时，叹气声传遍整个机舱，是乘客的叹气声，他们看到发动机开始往外喷火焰了。

　　我的邻座开始颤抖，用手死死抓住扶手。"我控制不住，我害怕坐飞机，虽然我已经不知道绕地球飞了多少圈，但是我仍然害怕坐飞机。人类天生就不是能飞的动物，我们没有本事从一万米的高空冲到地面或冲入大海。不过在往下掉的时候，我的大脑对坠落而死会很淡定，大家都知道，那一刻很快就要到来，再喝一杯香槟酒，和生命说永别，然后砰的一声，一切就都完了。"他说话的声音依旧很轻，但是在说"砰"的时候，音量提高了，还拍了一下巴掌。空姐过来了，他要了一杯香槟。"您也来一杯？"

　　我摇头表示不要。

　　趁着空姐在倒酒，他继续往下说。"要知道，新搬进去的房子，新的街区，只有和周围的人熟了，我才会觉得舒服。所谓熟，就是了解报亭那个女人的生活，早晨不必告诉她我要买哪份报纸就能得到想要的报纸；就是和药店的药剂师搞好关系，没有处方也能买到处方药；就是能让隔了几栋房子的意大利餐馆给我做菜单上没有的空心面。

"那个邻居是个女的，从她的阳台能看到我的阳台。她年纪不小了，走路还行，拎点重的东西就困难了，我经常陪她过街，扶她上楼，还帮她买东西。我对她印象挺好，她对我印象也不错。在开庭期间，她打电话给我，对我说，但愿是她弄错了，可是在法官面前她只能说她亲眼看到的一切，她看到的是，我似乎不仅仅是在推搡我的女朋友，而且是在把她往栏杆外面按。她内心很纠结，向我表示歉意，并保证一切都会弄清楚的。事发那天晚上和我女朋友打斗的那个人真的是我吗？她不确定是我。

"这位老太太慈祥可爱，头脑清醒，退休前是老师，而且对我的印象也不错，我的辩护人在这种老太太面前还有胜算的机会吗？再说还有我女朋友的一个老朋友在兴风作浪，他是一个知名记者，千方百计要让这个案子上头条，把我的名声搞臭。女人们有时保持的一些老朋友关系，你知道是怎么一回事吧？中学的老友，或者幼儿园的老友。他们不落户于女人，但是却带着忠诚和谦卑终身陪伴女人。弄得女人们经常在心中自问，为什么她们的婚姻伴侣没有那么忠诚和谦卑？虽然那人对事情的来龙去脉一无所知，但是有一点是肯定的，他不喜欢我。我的女朋友和我生活在一起，这个理由就足够了。

"我不想蹲监狱。我是以过失杀人被起诉的，所以没有被羁押，那笔钱也没有被没收。我把钱转移到了维尔京群岛。在那天晚上，趁老太太还没有出庭作证，我离开了德国。"

这一下轮到我不安了。"您爱过您的女朋友吗？您讲了那么多，到现在甚至都没有提到过她的名字。"

"爱娃，她叫爱娃。她妈妈是爱娃·嘉德纳的忠实影迷。是的，我当然爱过她。她非常美丽，我们之间从未有过问题，我的意思是说在那次问题出来之前。和她一块儿出现在公共场合，参加招待会或者首映式，哪怕只是到餐馆吃饭，和她开敞篷车在城里或到乡下兜风，逛集市，在海滨酒店度假，不论在哪儿，我们都是令人眼前一亮的一对佳人。我们喜欢令人眼前一亮。听上去有些浅薄，是吧？听上去好像不是真情实意，而是虚情假意，是吧？不，不浅薄，一点不浅薄。我们两人都喜欢过好日子。只要世界是美的，我们就喜欢美美地走进这个美的世界。我们不仅喜欢，而且是充满激情地喜欢。我们的激情和一般人的激情不一样，不是那种呼天抢地、醉生梦死、要死要活、暴风骤雨式的激情，而是发自内心深处的，真诚的。"

"但是当一切不再美好的时候，您为什么没有走？您为什么没有让爱娃走?"

"我也不明白为什么。面对她的审问、指责和断言,我不能就这么听着扛着,我必须为自己辩护,我也必须反击。我要的是她对我的尊重。"

"您向她请求过原谅吗?"

"她要我求她原谅。"

我在等他的回答,但是他没有直接回答。这个问题我应当再问一次,还是就此罢了? 还没做出决定,飞机便一个轻柔的着陆,降落在雷克雅未克机场的跑道上。

九

机组对我们抵达雷克雅未克表示欢迎，并告知，当地时间是凌晨两点。跑道上空空荡荡，黑洞洞的候机楼没有一丝灯光。飞机很快便靠上了指廊。我们接到指令，下机带上全部手提行李，我们可能会换飞机。

即便在这种情况下，一切仍然中规中矩：我们头等舱的客人在机组人员的引领和陪同下，从上面的舱位走到下面的舱位，然后走下飞机，而经济舱和公务舱的客人则等着我们先下飞机。机场特地开了一个头等舱候机厅，供头等舱和公务舱的客人候机。在纽约机场头等舱候机厅吧台一块儿喝过酒的客人们，再一次聚到了吧台旁，不过这次没有香槟。客人如果没有空难的故事可讲，那他就只能兴致索然地听别人讲故事。别人大难不死的故事，为什么就不能听听呢？

我的邻座也在吧台旁，默默无语。我偶尔朝他看一眼，他回以微笑。他的微笑和他的声音一样轻柔。此外，我一直在听别人讲故事。突然，有杯子掉在地上，摔碎了。讲故事的人停止了讲述，大家都扭转头。是我的邻座。是他的杯子摔在了地上。但是他既没有弯腰收拾玻璃片，也没有擦拭裤子上的水渍，而是一动不动地站着。

我走到他身边，把手放在他的后背上。"需要帮忙吗？"

他费了很大劲儿才认出我，而且回答也很吃力。"他……他是……"他感觉到了其他人的目光，不再说下去。一个服务员走过来，扫干净玻璃碎片，擦干净地上的酒。我想把我的邻座引到窗户边上，那里安静一些。但是他拒绝了，而且说话的声音带着一种奇特的哭腔。"不，不要到窗户边。"我环顾了一下四周。报纸架那边也比较安静。

"要不要叫医生？"

"医生……噢，不，医生帮不了我的忙。"他连续做了几个深呼吸，控制住自己。"窗户那边，那个浅色衣服的男人，我知道，他在跟踪我。我原来以为把他甩掉了一两个航班。这个人两年前开枪打伤过我，我不知道他是想打死我，只是我命大呢，还是他只是想教训教训我。"

"他朝您开枪？您没有报警？"

"医院接到枪伤的病人，自然会报警。我描述了他的长相，还看了一些照片，但是案子不了了之。事情发生在开普敦，那里原本涉枪案件就多，因此警察认为，我可能碰巧夹在了火并的两个团伙中间。其实我心里很清楚，但是讲给警察听又有什么用呢？"

我在等，心想他可能会讲给我听。

"离开德国后，我到处乱飞了一阵，最终留在了开普敦。在南非，如果你有钱，而且活动不出轨，没人会找你的麻烦。我在开普敦的城郊接合部租了一个酒庄的一间门房。一边是大海，另一边是种满葡萄的葡萄园，简直就是一个小天堂。但是过了几个月，我收到了他的信。他没有在信封上留下自己的姓名，他也没必要这样做。他给我寄来的故事说明了一切。一个酋长的一个妻子和另外一个男人跑了，她是他最喜欢的女人，有如他的眼珠。年轻，清晨一般美丽。酋长很伤心。虽然他是一个自尊心很强的男人，但同时他也是一个宽宏大量的男人，他明白，一个女人如果爱了，一定会追逐自己的爱。几年后，带他的女人逃跑的那个男人一怒之下杀了这个女人。酋长可以容忍他的财产走自己的路，但是不能容忍别人破坏他的财产。于是他下令杀死这个男人。

"第二天早晨，我从酒庄出来拐上马路时，那个身穿浅色外套的男人就站在马路对面。他始终穿这套衣服，略有些嫌大。他的外貌似乎可以用丑陋也可以用好笑来形容，然而他的姿态、动作、走路的样子却透射出一股杀气，因此他的外貌既不丑陋，也不好笑，而是充满了威胁。我从后视镜里看到他走过马路，坐上一辆车。过了一会儿，我发现那辆车跟在了我的后面。"

十

　　他走了几步，走到一把椅子旁，把椅子转了个向，让自己看不见那个浅色外套男子，然后他坐下，把手臂摆放在膝盖上，握起手掌，垂下头。我挪过去一把椅子，坐在他的对面。

　　"后来他在开普敦朝您开枪了？"

　　"接下来的几个星期，我经常能看到他。他或靠在我吃饭餐馆对面的路灯上，或候在我买书的书店门口，而我进去的时候，他还没在那里；我在公共汽车上看报纸，抬头会发现他坐在我的对面。我的房门正对大海，每天早晨和晚上，我都会在海滩散步散很长时间。有一天晚上，他在我散步时迎面朝我走来，后来我就待在家里不出去了。但是有时又不得不出去。有一次我进城买东西，他朝我开了枪，光天化日之下，就在大马路上。

　　"在医院住了几天后，我又开始了飞机旅行，多次突然改变旅行路线，最后我想，应当已经甩掉了他。那次以后，他用了大约一整年的时间，才重新找到我。"

我朝那个浅色外套男子看去。他眼睛正盯着我，仿佛在和我做盯着对方看谁能长时间不眨眼的儿童游戏。看了一会儿，我移开了目光。

我的邻座笑了。"那一年多么美好！我喜欢大海，所以又找了一座海边的房子，这次是在加利福尼亚。在美国也是一样，如果你有钱，而且活动不出轨，没人会找你的麻烦，你可以无忧无虑地生活。开始的时候，我很不习惯，不能用信用卡，因为用卡会留下踪迹。但是只要不是什么急事，不用卡也完全能过下去。再说现金和刷卡，房东更喜欢现金，估计他想欺瞒税务局。

"您去过旧金山北面的海岸吗？有的地方山石峻峭，礁岩嶙峋，有的地方则平坦和缓，细沙遍布。同其他大洋相比，太平洋似乎更刚强，更有一种拒人亲近的气势。直插海水的山峰，早晨还是云遮雾罩，到了中午和傍晚，枯黄的野草在阳光的照射下泛出一片金黄，仿佛大自然要用自己的美丽创造出日日不同的景色。我的房子在山坡上，离山上的公路有一段距离，听不到交通的喧嚣，离大海却很近，海水的声音从早到晚，整日地陪伴我。波涛声不大，轻柔，舒缓。没有咄咄逼人的感觉。啊，最美的莫过于日落了！我最喜欢日落时泛出的红色和紫色，就是一幅色彩丰富艳丽的油画！当然了，那种收敛的、让海上的雾霭包裹住最后一抹余晖，然后消失得无影无踪的日落，我也很喜欢。"

他轻声笑了，有一丝嘲讽，也有一丝尴尬。"我是不是陶醉了？是的，我就是这样的人。能让我陶醉的东西有很多：强劲的、咸咸的海风，雷雨，海上的彩虹，美酒。还有黛比，美丽，金发，她也不是走过人生，而是舞动人生。她是爱娃的在世化身。书上说在世化身常常会给还活着的人带来不幸，但是黛比给我带来的只有幸福。她住的地方离我有半小时车程，房子在山上，有一匹马、一只狗，她给儿童书籍画插图。她是一个好女人——是不是因为她像孩子一样，善于捕捉当下的生活？她始终生活在当下。没有她，我不可能自由自在地享受这一年。"

"您自由自在地享受了这一年？"

他头朝浅色外套男子点了一下。"过了一年，他又出现了，出现在我的房子门口。我恨不得杀了他。噢，忘记说了，我那时已经买了枪，参加过射击训练，借助瞄准镜能远距离射中目标。但是这样就会把另外一个人搭上了。后来我想，如果我到德国出庭，那个随员可能就会罢手了，不管法院做出什么样的判决，只要他接受就行。这样事情可能就会平息了。"

"您打算自首？"

"这也是我这次飞回德国的原因吧。不过如果有可能，我不想在机场入境的时候就被抓起来。我很想先看一下我的母亲，和我的律师接触一下。带着律师一块儿去见法官，自首，效果肯定比被警察抓起来押解到法庭上要好。我还不知道该怎么……"他朝我轻微地笑了一下，"能把您的护照借我用一下吗？我们两个长得很像。您可以说公文包被偷了。这样虽然会有一些麻烦，但不会有大的问题。一个人如果公文包被偷了，遇到的问题不外乎是所有的东西都要重弄一次。这个您不用操心。不用几天，您的公文包会出现在您的信箱里。"

我只能看着他。

"是不是有些突然？很抱歉。我们两个都睡一会儿，怎么样？"他环顾了一下四周。"窗户那儿有一张沙发没人，衣帽架旁边的沙发也没人。您躺窗户边的那张沙发，我躺衣帽架旁边的沙发，您不会有意见吧？"他站起身。"晚安，谢谢您听我讲了这么多。"他到吧台拎过自己的行李，从衣帽架上取下风衣和帽子，他躺到沙发上，两腿跷在行李上，用大衣盖住身体，用帽子扣住脸。

十一

我走到窗边。外面已经大亮。太阳升起时红彤彤的，此刻悬挂在发白的天空，颜色变成了黄色。我有一个夙愿，夏天到彼得堡，经历亮如白昼的夜晚。这里的夜晚就是亮如白昼。不过我眼前的景象不是河水、桥梁、悠闲的行人、热恋的情侣，而是空荡荡的跑道、黑乎乎的指廊和水泥砌成的建筑。没有飞机，没有汽车，没有人影。

头等舱候机厅安静了下来。没有人看电视，没有人在吧台喝酒，没有人交谈。有人打开了笔记本电脑，有人在看书。大部分人想睡一觉，几个人甚至躺在了地上。我走到门口的问讯处，打听航班的情况。问讯处的年轻女子打电话询问，被告知法兰克福已经备好了飞机。八点前肯定到不了。至少还要等四个小时。

我走回去，将沙发从窗户的光亮挪到墙边的阴影中。在这个位置，那个浅色外套男子看不见我。在这之前，我每次看他，他都在盯着我。

说到这儿，也该自我介绍一下了。我叫雅各布·萨尔丁，大学专业是物理，主攻交通流研究，担任达姆施塔特交通研究所所长。多少火车应当设计多少轨道？多少汽车应当设计多少车道？交通堵塞是怎么形成的，避免的方法有哪些？红绿灯应当设置在什么位置，不应当设置在什么位置？如何理想地切换信号灯？一门很有意思的学科。但是和其他学科一样，是需要冷静的学科。我就是一个冷静的人。

　　我早就不看纯文学了。哪有时间看呀？但是在好几年前，我看过一篇小说，一个旅行者告诉另外一个旅行者，他杀了自己的妻子，因为她有外遇。他是不是把那个情人也杀了？总之，他是在激情之下，出于绝望，做出了这个极端的举动，也是音乐和酒精刺激大脑的结果。我记不清楚他是不是喝酒了，但音乐肯定是有的。如果我记得不错的话，故事里是一个人在说，另一个人在听。听的人没有提任何要求。

　　我的邻座用他的故事在我身上做了试验。接下来他必须把这个故事再讲一遍，讲给警察、检察官和法官听，而且想要知道，效果怎么样。哪些内容需要省略，哪些需要渲染。他选中我做他的听众，难道说就是因为我们在身材、长相、年龄上有一些相似、相仿吗？他是不是从一开始就打定我护照的主意了？于是用故事打动我，让我无法拒绝他的请求？

不，不可能，飞机是满员的，他不可能挑选座位，不可能事先就选好我做他的听众。我为什么要那么多疑？是的，俄罗斯的黑手党不是他的世界，他说过。但是，柏林的外交酒会，科威特沙漠的野餐，非洲和美国海边的别墅，拿女人、骆驼和百万钱财下赌注，这也不是我的世界。他不知道绕地球飞了多少圈，我甚至都没有环游过世界，如果不是公务舱满员我得到了升舱，我甚至都没有坐过头等舱。对我的邻座所讲述的生活和世界，我没有一点感性认识。那么我对他有感性认识了吗？他真的是谋杀了他的女友吗？

对我们研究交通的人来讲，事故不过是参数。我不玩世不恭，但也不多愁善感。我知道，人作为一个物种也有异类。有些人的内心没有别的，只有对快钱的贪欲和对好逸恶劳的生活的向往。学生中有这种人，同事中也有这种人，企业界和经济界有这种人，政界也有这种人。不，我的邻座肯定不属于这种人。他追求的不是好逸恶劳的生活，而是美好的生活。他不贪求钱财，而是拿它们理财。

或者说两者之间没有区别？在生活中，知道什么时候应当坚持原则，什么时候可以有所变通，其实是很困难的。在我的专业领域，我得心应手，游刃有余，那么除此以外呢？

我睡着了。但是睡得不实。能听到行李摔倒的声音、手机的铃声，还有稍大一点的讲话声。七点半，广播通知，载我们去法兰克福的飞机将在一小时后降落。自助餐台已经备好了早餐。

我的邻座走到我身边。"一块儿吃点？"我们走到餐台边，要了咖啡和茶，取了羊角面包和酸奶，在一张桌旁坐下。"您睡着了？"我们礼节性地聊了一会旅行中的睡眠、飞机的质量和头等舱候机厅的沙发。

广播通知登机。我们一块儿朝登机口走去。过道上已经有人在走动了，商店开门了。广播和信息牌开始反复通知抵达和出发的信息。机场苏醒了。

十二

　　从雷克雅未克到法兰克福的航程，我们仍然坐在一起。这一次我们没怎么交谈。他问我妻子和孩子的情况。谈到妻子和女儿，我的话很少，因为妻子已经去世，女儿已经离家。如果我向她们付出多一点，我的妻子可能还活着，我的女儿可能还和我在一块儿生活——可是这话怎么说呢？也许不是这么回事，我的自责是完全没有必要的。

　　我在等，看他是不是再提借用护照的事。我这个人不大喜欢被牵扯进陌生人的个人问题，交通问题已经足够我忙的了。解决这类问题需要我全身心投入，也值得我这么去做。因为问题解决了，世界就有秩序了。我很自豪，为墨西哥开发出了一套交通方案。正是这套方案，让日复一日陷入堵塞的城市交通重新畅通了起来，让日复一日陷入窒息的城市重新呼吸了起来。当然，这还取决于政府是不是能正确实施这套方案。

　　但我的邻座已经不是陌生人了，我和他一块儿坐在黑暗中，和他一块儿喝干了一瓶黑皮诺，聆听了他的故事，看见他时而高兴，时而激动，时而迷惘，我握过他的手，把手放到过他的后背上。我拿定主意，决定把护照给他用。

　　但是他不提了，我也不能催他提这事。飞机降落在法兰克福机场，滑行到指廊边上的停机位。我们坐在二层舱位的最外一排，所以第一批进入底层舱位，走到机舱门口。舱门开启的信号发出后，他拥抱了我一下。我原本对当今盛行的拥抱和你亲我一下我亲你一下的文化没有什么好感，但对他的拥抱还是做出了回应。两个男人在旅途中相遇了，两个陌生人在夜里相遇了，他们交谈了，虽然没有推心置腹，但是相互多少了解了一些。也说不定我的拥抱非常热烈，因为我喝了香槟，酒精有点上头了。

　　机舱门打开了。我的邻座不是拉行李，而是将行李拎起来，径直往前跑去。在机场大楼我没有看见他，在边检也没有看见他。他不见了。

十三

　　而且他拿走了我的护照。在边检，我伸手掏我的票夹，票夹不见了。我没有四处翻找。我的票夹一直放在衣服内侧左面的口袋。现在它不在口袋里，就说明它不见了。我知道它在哪里。

　　在飞行途中，我的外套和他的外套都是交给机组人员保管的。看来是我的邻座在什么时候让机组人员把衣服给了他，但是报的却是我的座位号。他拿到了我的衣服，取出了我的票夹。他不想冒险，因为我有可能会拒绝他。

　　警察很友好。我告诉他，在纽约出境时出示了护照，之后就没有用过。我不知道票夹在哪儿丢的，也可能有人偷了我的票夹。一个警察陪同我回到飞机上，飞机上的乘客还没有全部下完。我在座位上找，在杂物袋里找，在衣帽间找，但是没有找到。最后我被带到了值班室。好在大学的网页上有我的照片，而且系主任办公室也有人上班。学校证实了是我。

　　我要了一辆出租车。到了达姆施塔特，还没到家，我想起来，我衣服口袋里只有一点零钱，远远不够乘这么长的距离。我告诉了司机，对他说我到家拿钱。但是他不相信我，让我把所有的钱都给他，然后不管我怎么抱怨、诉苦和咒骂，硬是把我赶下了车。

天气比较热，但是不湿闷。一夜和一上午的飞行，候机厅的等待，边检值班室，出租车，经历了这么多之后，我觉得外面的空气是这么的清新，尽管这只是城市的空气，等红绿灯时飘散着汽油味，土耳其快餐店前弥漫着热辣辣的荤油味。我越走脚下越轻松，有一种大功告成的快感。什么功？我说不清楚，但是没有关系。

我说不清楚的东西也不想让人知道。但是如果有妻子在家等着我，或者我知道，女儿会在晚上给我打电话，欢迎我回到家，询问我的旅途经历，情况就不一样了。

我到家时，中午刚过。我的房子不大，有一个小花园。我打开躺椅，躺在上面。跟着我又站了起来，拿了一瓶葡萄酒和一个酒杯。喝着喝着，我睡着了，但很快又醒了。那种大功告成的感觉依然存在。我想象着我的邻座，他用我的护照通过了边检，按响他母亲的门铃，拥抱母亲，和她喝茶，和律师商谈，去法院自首。

十四

第二天早晨，我的生活一如往常。学期的最后几周总是有很多事情，讲座、讨论课、会议，还有考试，此外还要把在纽约开会期间落下的课补上。我没有时间去考虑我的邻座和他的故事。是的，他和我年龄相仿，人有意思，故事也很有意思。但是整个不过是一天夜里发生的一件事，那个夜晚说短也短，因为是从西往东飞，少了六个小时；说长也长，因为在雷克雅未克停留了几个小时，但是总体来讲，那是一个短暂的夜晚。

过了一个星期，我的票夹寄到了。我没有感到意外，我相信我的邻座，但是仍然感到了一丝轻松，因为我有时还是很需要信用卡的。

我过了好几个星期才在衣内左面口袋里发现了邻座给我的留条。"我真的不想拿走您的票夹。您是一个很好的旅伴。但是我的确需要它。您不必考虑应当接受还是拒绝我的请求。您会到监狱来看我吗？"

这个时候报纸已经报道了他的自首，案件将继续审下去。在案件的报道中，还提到了那个老太太，她声称亲眼看见我的邻座不仅仅只是在推操他的女朋友，而且还是在把她往栏杆外面按。但是她没有出庭。在我的邻座自首前几天，她失踪了。但是法庭当庭宣读了警察对她做的笔录。我原来一直以为，在法庭上，对被告来讲，无懈可击的警方笔录比律师能当庭驳倒的证人证词要厉害。可是事实正好相反。指责警察笔录容易，驳倒证人证词则要难得多，因为你可以指责警察笔录不全，只是记录下单方面提供的毫无价值的陈述。

她失踪了，而且是在我的邻座自首前几天。我感觉不对头。难道说他……不，我不能做这种假想。一个老人突然消失了，有各种各样的原因。可能是爬山时，和悬崖靠得太近，摔下去了；可能是走迷路，累倒了，再也起不来了；可能是在度假小屋心脏病发作，几个月几年也没人发现。这种事情经常发生。

我的邻座被判八年。有些评论认为判重了，有些认为判轻了。法庭没有接受过失杀人的判定，但也没有判他蓄意谋杀，而认定是在痛苦的、长期的、突然激化的冲突中因激情而致人死亡。

我不想介入。我的专业是交通，不是刑法。我需要判定的是，如何在城市心肌梗塞发作时进行解救。一个人是否有过错，应当由法官判定，他们反正成天没其他事可做。

但是这个判决并没有令我信服。一个人剥夺了另一个人的生命，为此而付出自己的生命，以命抵命是有它的道理的。但是为此而把一个人终身囚禁在监狱里，就没有任何意义了。牢房里的那个生命和已经不存在的那个生命有什么关系呢？因为会有错判，所以不能有死刑，这个我知道。但是八年牢狱呢？岂不是一种可笑的惩罚？一个人做出这种判决，只能说明他不相信自己的判决。做这种有罪判决，不如做无罪释放。

我曾经考虑过探监，探问我的邻座。但是我这人去医院看病人都很困难，为病人难受时，我不知道该说些什么。如果病人一切正常，我又会觉得没有什么可说的。祝早日康复——对病人这么说总不会错。对一个囚犯该说什么呢？

十五

五年后，他站在了我的门前。又是一个夏天。一个炎热的下午。我接过他的包，带他走进院子，撑开两把躺椅，倒了两杯汽水。

"什么时候出来的?"

他舒展身体躺下。"您这儿太好了! 有树，有花，有刚割的青草味，还有鸟叫。您自己割草地? 绣球花是您自己种的吗? 我听说绣球花的颜色取决于地下的矿物质，但是您这儿有蓝色的，也有玫瑰红的，而且还靠得这么近，实在是太奇怪了，不是吗? 我什么时候出来的? 昨天。剩下的几年我争取到了缓刑。当然，缓刑有一些限制，不过并不妨碍我到美国去几天，打理我的资产。"他微笑着说，"从某种意义上说，您正好位于我去美国的路上。"

我看着他。他的脸上看不出岁月的痕迹。头发白了，但是并不显老，反而显得更有样儿。他说话让人听起来舒服，动作淡定，坐的姿势和以前一样，很放松。

"里面的日子不好过吧?"

他脸上再次浮现出微笑。就连微笑也和以前一样，轻柔，温和。"我把里面的图书馆好好收拾了一下，把我一直想看的书都看了，好好搞了一回体育锻炼。我和里面那些我平常不屑为伍的人打成了一片。既然和人在一起，不就应当这样吗?"

"那个浅色外套的男子怎么说了?"

"我昨天出来的时候，他没在监狱门口。我想大概是够了吧。"他深吸了一口气。"您知道，我这人一向有借有还。能帮个忙吗? 监狱里存不下钱，而且我还真不知道，该向谁张口借钱买机票。我母亲在庭后没多久就去世了。"

"那个老妇人，就是指证您的那个……"我很自然地问出来，但是却不知该如何说下去。

他笑了。"她借钱给我? 我不相信。而且她那个时候不是失踪了吗?"

"是您……"我又不知道该怎么说下去了。

"我是不是把控方证人杀了?"他用一种讥笑的、同时也包含友善和宽容的眼神看着我，"您为什么把我看得那么坏? 为什么您首先想到谋杀，而不去想，我用钱收买了那个老妇人? 她没有消失在坟墓中，而是拿了钱消失在了巴利阿里群岛或加那利群岛?"

他摇了摇头，"您认为您能阻止谋杀的发生吗？您说得对，如果有谋杀发生，这个问题自然会提出来。"他的眼神依然带有讥笑，"但是如果有谋杀发生，我是不会对您说的。我必须对您说，没有谋杀发生过。您看，这样我们没法谈下去。"

是的，这样的确没法谈下去。"您需要多少钱？"

"五千欧元。"我的表情肯定很吃惊，因为他微笑着对我解释说："我太老了，坐低等舱位、住青年旅社肯定吃不消，您会理解的。"

"我可以给您开一张支票。"我站起身。

"您能不能给我现金？我不知道那么多钱兑换出来是不是很方便。"

时间是六点差一点。银行已经下班了。不过用信用卡在取款机上是可以凑足这笔钱的。"那我们走吧。"

"不急。我忽然有了一个想法，是不是能享用几天您的好客……"

他指望我不会让他把话说完，指望我会高兴地邀请他在我这儿住几天。为什么不可以呢？虽然我不喜欢家里乱糟糟的，但是我有一间客房，有一个客人专用的卫生间。即便客人不讲究卫生，清洁工也会收拾干净的，我可能根本发现不了。晚上有人陪陪我，喝上一杯酒，说说话，聊聊天，我会很高兴的。总比晚上一个人待着好。但是我没有立即应答。

"我很想和您好好待上几天。可惜不行，我必须走，而且越早越好。您可以送我去机场吗?"

我开车送他去机场，路上在多个取款机上一共取了五千欧元，交给了他。我们告别了，这次没有拥抱，只是握了一下手。我是不是应当邀请他以后再来? 但是我一时没有做出决定。"一路顺风!"

他微笑，点头，走了。

十六

　　我目送他，直到他消失在纷杂的人群中。我走出候机楼，横穿马路，走进停车楼，乘电梯直达顶楼。我开始没有找到我的汽车，找到后又在包里找不到钥匙。天空起云了，刮起了凉飕飕的风。我停止了寻找，站在原地，看着对面的停车楼、酒店、机场、起飞和着陆的飞机。我的邻座肯定坐在即将起飞的某一架飞机里。

　　我们的交往就此结束了。我们第一次分手告别的时候，我没有去想我们将来会不会再见面。但是这一次我知道，不会再见面了。我会不会收到一张邮寄的支票呢？

　　我感觉有点冷。和他在一起时的那种好的感觉忽然之间变成了不好的感觉，那种亲近和温暖，现在变成了陌生和冰凉。曾经，在他讲故事时，我和他共欢喜，和他共忧愁；曾经，如果他没有拿走我的护照，我会主动送上我的护照；曾经，如果他不飞的话，我会把客房提供给他；曾经，看到他为了看望母亲、和律师商量，在入境时躲过了警察的检查，我为此感到庆幸；曾经，我违背理智相信了他，他的女朋友死于意外，老妇人的消失是一个谜。

我都做了些什么？我为什么会和他交往？为什么一再让他利用我？就因为他有一种轻柔温和的微笑，和他交往很舒服？就因为他身穿一件微微发皱、质地柔软、有坠感的外套？我究竟哪儿出了问题？让我得以成为明辨的观察者、清晰的思想者、出色的科学家和我为之自豪的清醒的头脑到哪儿去了？我平常看人入木三分。我承认，我对我的妻子曾经有过不切实际的想法，但是我很快就发现，在她漂亮的脸蛋和舒适的气质后面什么都没有，没有思想，没有性格，没有活力。我的女儿很甜，很可爱，我很喜欢她，但是随着她逐渐长大，我发现，她只知道索取，从不付出，从没有实际干点什么。

不可思议，让这么一个人给摆布了，实在不可思议。

但我却是花了很长时间，才最终……我现在恢复了理智，难道说全都是因为刚才那阵凉飕飕的风吗？如果天气依旧炎热，难道我仍然会……

我看见一架飞机起飞了，是汉莎公司的喷气式客机。是飞往美国吗？也许他快速买到了机票，成功登上了这架飞机。没有坐头等舱而是公务舱，他会觉得憋屈吗？

有那么一瞬间，落日穿透了云彩，飞机顿时闪耀在金光中，仿佛在燃烧，燃烧成了一个火球，爆炸成碎片。维尔纳·闵策尔不存在了，我的愚蠢也荡然无存了。

太阳重新消失在云团后面。飞机越爬越高，转了一个弯，进入巡航的航向。我找到了汽车钥匙，坐上汽车，开车回家。

最后的夏天

一

　　他想起了在纽约当教授的第一学期。当时真是高兴极了：邀
请收到了，签证办妥了，在法兰克福登上飞机，在肯尼迪机场降
落，扑面而来的是晚间的温暖，要了出租车进城。在飞机上，虽
然前后排空间很小，座位狭窄，但是他仍然很享受飞行。在飞跃
大西洋上空时，他看到远方有一架飞机。他感觉自己如同坐在一
艘轮船的甲板上，在浩瀚的海洋上和另外一艘轮船迎面相遇。

　　他以前去过纽约很多次，旅游、访客、参加会议。但这次可
是真正进入到纽约的生活节奏中，成为纽约的一部分。和其他人
一样，有自己的住房，而且在市中心，附近就是公园和河水。和
所有纽约人一样，早晨乘地铁，从售票机上抽出车票，经过入口
处的十字转闸，下楼梯走上站台，随人群挤进车厢，不能动弹，
不能翻阅报纸，过了二十分钟再挤出车厢。到了晚上，地铁里可
以找到座位，可以把报纸看完。在住房的旁边买东西。电影院或
歌剧院可以步行去。

对自己没能真正成为大学的一部分，他并不介意。同事们相互交谈的东西和他没关系，也不和他谈。学生们对他这样只待一个学期的老师，不像那些常年需要请教的教授，并不特别在意。但是同事都很客气，学生听课也认真，他的讲课很成功。从他办公室的窗户往外看，可以看到一座红砂石的哥特式教堂。

是的，他的确很高兴，动身去美国前，他高兴，回到德国后，他也高兴。但是要说起来，他在纽约的生活并不幸福。在纽约的第一学期，他原本在德国大学没课，他原本的打算不是上课，而是好好享受一下没课的闲暇。他在纽约的房子阴暗，院子里的空调机吵得烦人，他睡觉的时候常常要戴耳塞。晚上，当他独自坐在便宜的餐厅吃饭，或独自在电影院看无聊的电影，他常会感到孤独。在办公室，干燥的空调风直接吹在他的脸上，他的鼻窦发炎，流脓了。他不得不在纽约开了一刀。手术很可怕。他从麻醉中醒来时，发现自己不是躺在病床上，身下是一张折叠椅，而且和其他病人挤在一个病房里。过了没多长时间，他的头还在疼，鼻子还在流血，医院就让他出院回家了。

他没有承认自己不幸福。他声称自己是幸福的。他之所以声称自己幸福，是因为他做到了从一个小小的德国大学城来到纽约，而且成为纽约生活的一部分。他之所以声称自己幸福，是因为他非常希望得到这个幸福，而且这个幸福已经在这里了，或者说他非常希望得到他一直设想的幸福所应具有的全部配料。有的时候，他会在内心听到一个轻轻的声音，质疑幸福的存在。但是每到这个时候，他都会让这个声音沉寂下去。在自己还是一个小孩子、中学生和大学生的时候，每当要动身旅行，必须离开生活的环境和朋友，他都会感到痛苦。但如果每次真的没走，而是留在了家里，那耽误可就大了！因此，他在纽约对自己说，命运决定了他必须摆脱怀疑，只有这样才能在看上去没有幸福的地方找到幸福。

二

今年夏天，他又收到了纽约的邀请。他从信箱里取出信，走向一张凳子，打开信封。他每天都坐在这张凳子上看邮件。二十五年来他一直心存感激的纽约大学邀请他明年春天去主持一个系列讲座。

凳子在湖边，一条小路在旁边经过，将凳子和房子、田地分隔开。房子刚买的时候，妻子和孩子不喜欢这条路，现在他们已经习惯了。他则从一开始就喜欢这里，因为这里如同一个小王国，他可以独掌王国大门的开启和关闭。后来他继承了一笔遗产，翻修了码头的房子，做了结构性的扩建。他一连劳动了好几个夏天。但是今年夏天，他更喜欢坐在这张凳子上。这里是一个很好的隐身的地方，孙子们在码头小屋和栈桥上打闹的时候，是看不见他的。只有游出很远的距离，他们才能看到他，于是他也能看到他们。他们会相互招手。

他明年春天不想去纽约上课，他再也不会去纽约上课了。这

214

么多年来，纽约早已成了他生活中理所当然的一部分，因此他已经很长时间没有问自己，在那儿的生活究竟幸福不幸福。但是现在，纽约的生活已经过去了，结束了。因为这段生活已经过去了，所以他的思绪回到了在纽约的第一学期。

承认那次在纽约不幸福并不糟糕，只要这个承认不会引发另外一个承认。从纽约回来后，他在一次事故中认识了一个女人。是一次自行车相撞的事故，当时两人骑车都有违章的地方。他觉得这种相互认识的方式实在太美妙了。有两年的时间，他们约会，听歌剧、看话剧、吃饭，有时会出去旅游几天，今天她在他那儿过夜，明天他在她那儿过夜。他觉得她漂亮、聪明，喜欢触摸她，也喜欢让她触摸。这个时候他想，他终于找到家了。但是后来，她因为工作的原因搬走了，两人的关系顿时变得艰难，后来也就不了了之了。直到现在他才承认，其实这是一种解脱，其实那两年他觉得也很艰难，其实他一个人待在家里，看看书、听听音乐，要比和她去约会幸福得多。他之所以和她约会，是因为他又一次认为，幸福所应具有的一切配料都已经配齐了，他必须幸福。

那么，他生活中的其他女人呢？他的初恋呢？当年，班上最漂亮的姑娘芭芭拉和他看电影，接受了他给她的冰淇淋，让他送她回家，在门口接受了他的亲吻。那时他是幸福的。那年他十五岁，那是他的初吻。过了几年，海伦娜领着他上了床，第一次就配合得很成功，他没有过早，她也达到了。他们一直待到了早晨。他给了她一个男人所能给女人的东西。那一年，他，十九岁，她，三十二岁。他们两人一直在一起，直到她和一个三十五岁的伦敦律师结了婚。他后来才知道，她和那个律师已经订婚多年。他后来考试，成绩比预期的好，他当上了助教，开始写论文、写书，后来当上了教授。他是幸福的——或者他又一次以为自己是幸福的？他是不是又一次以为，自己必须幸福，因为一切都具备了？他感觉到的幸福是不是又是因为配料都已配齐所以必须幸福的幸福？他有时会问自己，是不是从没有真正经历过生活，但每次随之都会摒弃这个问题。就如同他摒弃去考虑，让芭芭拉追求他、让海伦娜侍候他是虚荣的，任由虚荣主宰是累人的。

他从不顾忌对自己婚姻的幸福和家庭的幸福进行思考。

他为蔚蓝的天空、碧波的湖水、青绿的草地和森林感到欣喜。他喜欢眼前的风景，不是因为远处的阿尔卑斯山，而是因为近处起伏的山峦和穿插其间的湖水构成的舒展和缓的线条。湖面，一个女孩子和一个男孩子坐在一艘小划艇上。男孩子在划桨，女孩子的腿垂放在水里。随船桨飞起的水珠在阳光下光彩熠熠。划艇和女孩子的腿在水面划出的轻波在光滑的水面蔓延开去。女孩子肯定是梅克，他儿子的大女儿，男孩子肯定是戴维，他女儿的大儿子。他们没有说话。邮车走了以后，清晨的宁静就再也没有被划破。他的妻子在家里准备早餐。过一会儿会有一个孙子过来，叫他去吃早餐。

他接下去想，幸福是有欺骗性的，对这个看法不应当消极对待，而应当积极对待。对一个要离世的人来讲，还有比这更好的看法吗？他想要离世，因为他面临的最后几个月会很痛苦。人只有在痛苦无法忍受的情况下，才会想要离世。

但是他无法做到积极对待这种看法。最后的夏天，全家福的夏天，这个念头源于最后的全家福。让儿子和女儿带他们全家到湖边来住四个星期，虽然不需要费很大的口舌，但是多少也要做点说服工作。他也必须说服妻子。她很想和他开车去挪威，那是她奶奶的故乡，她还从来没去过。现在他的家庭聚齐了，他的一个老朋友也会过来住几天。他原来想，他已经精心准备好了最后的全家福。但是现在他问自己，是否仅仅只是在为由配料组成的幸福收集配料。

三

　　"外公！"他听到小孩子的喊叫声和快速的脚步声，脚步穿过道路和草地朝湖边跑来。是马蒂亚斯，女儿最小的儿子，也是五个孙子孙女中最小的，黄头发，蓝眼睛，刚刚五岁，长得敦实。"早饭好了。"看见哥哥和表姐在划船，他不断朝他们喊，在栈桥上又是蹦又是跳，直到小船靠岸。"我们看谁跑得快！"孩子们急冲出去，他慢悠悠地跟在后面。要是换做一年前，他一定会跟他们比试，要是在几年前，他一定会赢。但是看着他们在自己前面冲上坡，看着大孩子为了让小孩子赢，故意落在后面，岂不是比自己跟着比赛更感惬意？是的，最后的全家福的夏天他就是这么设想的。

　　他也设想了自己离开的方式。一个关系很好的医生给他提供了安乐死组织为成员准备的鸡尾酒。鸡尾酒——他喜欢这个名称。他从来没有喜欢过鸡尾酒，也从来没有尝过。第一杯也是他的最后一杯。安乐死组织给做好死亡准备的成员送鸡尾酒的工作人员被称做"死亡天使"，这个名称他也喜欢。他要自己做自己的死亡天使。一切准备就绪后，晚上一家人坐在客厅时，他会不事声张、不经意地站起身，走到外面，喝下鸡尾酒，把瓶子洗干净，收拾掉，回到客厅和大家坐在一起。他会听大家说话，睡过去，死去。家人会让他继续睡下去，在第二天早晨发现他已经死亡。医生的诊断是心脏衰竭。对他来讲，是没有痛苦的、平静的死亡，对家人来讲，是没有痛苦的、平静的告别。

现在还没有做好准备。在餐厅，餐桌还没有布置好。今年入夏的时候，他把餐桌拉成长条桌。他设想的是，他和妻子坐在桌子两头，他的旁边是女儿和女婿，妻子的旁边是儿子和儿媳，往下是五个孙子辈的孩子。但是大家并没有按这个顺序入座，总是随意找座位坐下。今天，儿媳和她六岁的儿子费迪南特之间的座位是空的。孩子显然在闹别扭，被妈妈推到旁边去了。"怎么啦？"费迪南特摇摇头，没有说话。

他爱儿子女儿，儿媳女婿，孙子孙女。他喜欢他们围在自己身边，来回走动，说话，玩耍，甚至也喜欢他们吵闹。他最喜欢的莫过于坐在沙发一角，陷入沉思，当着大家的面，陷入独自的沉思。他也喜欢坐在图书馆和咖啡馆。不管身边纸张怎么沙沙作响，人们怎么说话、来回走动，他都能集中思想。别人玩硬地滚时，他有时也会跟着玩一会儿，别人搞音乐，他有时也会吹长笛凑个热闹，别人谈话，他有时也会发表见解，参与一下。每次出现在游戏、音乐或谈话中时，别人都会觉得意外，他自己也觉得挺意外。

他也爱妻子。如果有人问他，他一定会回答："我当然爱我的妻子。"每当他坐在沙发一角，她坐过来时，他会觉得这一刻非常美好。一大家子在一起时，只要她出现，他会觉得更美好。和孩子们在一起，她显得年轻，仿佛还是那个他在教师资格考试时认识的大一女生。她没有心机，没有坏心眼儿，不像海伦娜，既有令人着迷的一面，也有令人讨厌的地方。和她相爱，他觉得仿佛洗净了和海伦娜交往遗留下来的利用和被利用的感觉。她大学毕业，当了老师，他们结了婚。婚后很快两个孩子出生了。没多久，她领半薪回学校上班。她处理各种事务轻而易举：孩子，学校，市区的房子，乡村的房子，有时还会同他和孩子在纽约待上一个学期。

不，他对自己说，完全没有必要顾忌对婚姻的幸福和家庭的幸福进行思考。一切条件都具备了。全家福的夏天也都具备了。孙子孙女们在玩耍，儿子儿媳和女儿女婿在享受自己的假期，妻子在花园幸福地忙碌。他看出来了，十四岁的戴维爱上了十三岁的梅克，不过其他人好像没有这个感觉。天气不错，连续几天了，一直都是好天气，妻子微笑着对他说。第二天晚上的雷阵雨也是好天气。他坐在露台上，享受着黑压压的云团、电闪雷鸣和最后终于倾盆而下的大雨给他带来的震撼。

即便他只为幸福收集了配料，即使最后的全家福的夏天潜伏着不幸，那又有什么关系呢？他反正不可能知道了。

四

夜里，他们躺在床上。他问妻子："你和我幸福吗?"

"我很高兴我们留下来没有走。在挪威，我们不可能有这么幸福。"

"不，我不是这个意思。我的意思是你和我在一起的岁月幸福吗?"

她撑起身，看着他，"结婚后的所有岁月?"

"是的。"

她重新躺下去。"这么多年了，我一个人很不容易，你经常不在家，我经常独自一人，独自拉扯孩子。达科玛十五岁时离家出走，跑出去了整整半年，你那时虽然在家，却只顾着自己绝望，让我一个人面对这一切。还有海尔姆特……嗨，我说什么呢? 我什么时候好过，什么时候不好过，你心里最清楚。你的情况我也很清楚。孩子还小的时候，我回学校上班，我知道，你是吃亏的。你希望我能考虑你的职业和工作，希望我能看你写的东西，希望能多和我睡在一起。"她翻过身，背朝向他。"我又何尝不想和你亲热呢？"

过了一会儿，他听见她的呼吸变得均匀了。这是不是意味着没什么可说的了？

他的左侧髋关节疼。疼得不算厉害，但是持续、不间断，仿佛要扎根不走了。或者疼痛已经扎根了？左髋关节疼导致左腿上楼梯困难已经有几天了，不，不是几天，是几个星期了。这个部位是不是一直都很虚弱，必须要多用劲，所以有刺痛的感觉？他没有继续琢磨下去。只要楼梯上来了，虚弱也就克服了。但是上楼梯的刺痛给他传递了疼痛的信息，他感觉到了这个信息，并为此担忧。骨骼片子有没有拍下左髋关节的病灶？

他想不起来了。他不想变成那种对自己的病百事通的病人，那些病人搜索互联网，查阅书籍，和人讨论，经常弄得医生不尴不尬的。医生曾经告诉过他哪个骨头病变了，不过是哪边的髋关节，他没有注意。他对自己说，是左还是右，自己总会发现的。

他也翻成侧身。左侧还疼吗？还是现在疼的是右侧？他细听自己的心声，同时透过敞开的窗户，侧耳倾听树中的风声、湖畔的蛙鸣。他看着夜空的繁星，心想，它们既不金碧，也不辉煌，其实就和远处的小霓虹灯光点一样，冷冷的，硬硬的。

是的，左侧髋关节还在疼。但是右侧也开始疼了。他如果感觉自己的腿，腿就会疼，如果感觉后背、脖子或手臂，那里就会疼。他感觉的任何一个地方，都有疼痛在等候着他，告诉他，它住在这里，它在这里安家了。

五

　　他睡得不好，早早就起来了。他踮着脚尖走到门口，小心翼翼地开门、关门。地板、楼梯、房门，所有走过的地方都发出了吱嘎吱嘎的响声。他在厨房泡了杯茶，端着杯子走到露台上。天渐渐亮了。鸟儿在叽叽喳喳地叫。

　　他偶尔也会在妻子做饭、布置餐桌或洗菜时打打下手。他从来没有一个人做出过一顿饭。以前，如果妻子外出，早餐就取消了，午餐和晚餐，他会和孩子们到餐馆去吃。以前他没有那么多时间，现在他有的是时间。

　　他在厨房找到了一本厄特克尔博士系列的烹饪书，他拿着书坐到露台上。他，一个哲学家，一个分析哲学的大家，竟然也能借助烹饪书，煎出一份早餐用的煎饼。他竟然也能？当然只有他能！维特根斯坦在他的《逻辑哲学论》中说过，"凡是语言能描述的，就一定能实现。"

　　但是烹饪书里没有煎饼。煎饼是不是有其他叫法？不知道叫法，当然也就找不到。找不到，当然也就煎不出。

他找到了鸡蛋煎饼的做法，研究了一遍该准备些什么，将配料乘以十一人，然后在厨房忙开了。他花了很长时间，才找到六百八十八克面粉、十一个鸡蛋、一升多牛奶、三分之一升多的矿泉水、将近一磅人造黄油，还有盐和糖。看到书里面没有给出糖和盐的分量，他有些恼火。糖和盐是不是都应先除以四，然后再乘以十一？还有一样东西令他恼火，蛋清和蛋黄怎么分开，怎么打黏稠，书上没有操作说明。他很想把煎饼或者说鸡蛋煎饼做得松软一些。不过筛面、和面、搅拌都很顺利，没有起面疙瘩。

他从橱柜里拿出平底锅，没想到锅从手中滑落，掉在地砖上，发出响亮的咣当声。他捡起锅，赶紧听房子里的动静。过了几秒钟，他听到妻子下楼的脚步声。她穿着睡衣走进厨房，四处查看。

拥抱，他心想。他把她抱在怀里。她摸起来都是骨头。他心想，我摸起来可能也都是骨头。我们最后一次拥抱是什么时候？已经多长时间了？他紧紧拉住她，她虽然没有顺势做出拥抱的姿势，但还是用手臂搂住了他。"你在厨房干什么？"

"煎饼。我正在做人生第一块煎饼。后面几块我会等大家早饭都上桌了再煎。对不起，把你吵醒了。"

她看了一眼桌子，上面有面粉、人造黄油和鸡蛋，还有一个放面团的盆子。"这是你做的？"

"要不要尝一下煎饼一号?"他松开妻子,点燃煤气炉,把平底锅放在炉火上,他看了一眼烹饪书,放了一百五十克人造黄油加热,在锅里放了一小团面,先煎一边,取出来放在一个盘子上,再往锅里放一点油,把煎饼翻过来放进锅里,然后把煎烤得焦黄的煎饼举到妻子的面前。

她吃了一口。"吃起来和真正的煎饼一样。"

"就是真正的煎饼。不亲我一下?"

"亲你一下?"她惊讶地看着他。他再一次心想,我们最后一次亲吻是什么时候?已经多长时间了?妻子缓缓放下叉子和盘子,走到他身边,在他脸颊上亲了一下,然后站着,好像有些不知所措。

这时,梅克出现在了门口,她看着爷爷奶奶,目光中充满了询问。"出什么事了?"

"他在做煎饼。"

"爷爷做煎饼?"她不敢相信。但是东西都在那儿:配料,盆子里的面团,平底锅,盘子里的半个煎饼,还有扎着围裙的爷爷。梅克转过身,跑上楼,敲响所有房间的门:"爷爷做煎饼啦!"

六

这一天，他没有独自一人坐在湖边的凳子上。他从码头小屋里搬出一把安乐椅，在栈桥上坐下。他翻开一本书，但是没有看，而是看着孙子孙女们玩耍。

毫无疑问，戴维爱上了梅克。他千方百计想引起她的注意，每个动作、每个姿势都努力摆出漫不经心的样子，头朝下空翻入水之前，先确认梅克是不是在看他，他吹嘘看过哪些书、看过哪些电影，他用藐视一切的无所谓大谈特谈自己的未来！难道梅克一点没看出来？还是她在逗他玩？她好像很不以为然，落落大方，给戴维的关注和快乐丝毫不比别人多。

这就是初恋的烦恼！他看出来了，戴维很茫然。他再一次感受到了这种茫然，这种在五十多年前深深折磨了他的茫然。那个时候，他也声称自己无所不能。有的时候，他的确觉得自己无所不能，有的时候，又觉得自己一无是处。那个时候，他也希望，如果芭芭拉能看出他是何等了不起的人，他是多么的爱她，那么她一定也会爱上他。但是他既表现不出自己是何等的了不起，也表白不出自己对她的爱。那个时候，他也把每一次注意和亲近的表情看做是一种海誓山盟，但同时心里又清楚，芭芭拉不可能对他海誓山盟。那个时候，他也经常会表现出藐视一切的大无畏，没有信仰，没有希望，没有追求。但是渴望却会一再令他不知所措。

他同情起外孙，也同情起自己。初恋的烦恼，成长的痛苦，成人的失望——他多么想对戴维说一些安慰的话、鼓励的话，但是又不知道该说些什么。他真的能帮他吗？他站起身，朝着两个孩子，盘腿坐在栈桥上。

"真的，爷爷，我没想到你会做煎饼。"

"我觉得做饭很有意思。你们两个明天愿意帮我吗？我不贪心，空心面和沙拉，没有你们的帮助，我做不成。"

"饭后甜点有巧克力慕斯吗？"

"如果厄特克尔博士烹饪书里有的话。"

他们三人坐在一起，没话可说了。他打断了他们的交谈，却又不知道该如何进行一场三人谈话。"我还是走吧。明天十一点？先买东西，然后做吃的？"

梅克看着他笑了。"你真逗，爷爷，我们今天还会见面的。"

他回到安乐椅上坐下。马蒂亚斯和费迪南特在离岸几米远找了一个水浅的地方，来来回回找石头、搬石头，硬是在水里堆出了一个小岛。他四处张望寻找戴维和马蒂亚斯的十二岁的姐姐。"雅莲娜呢?"

"在你的凳子上。"

他重新站起身，朝凳子走去。左侧髋关节又疼了。雅莲娜一条腿跷在凳子上，一本书放在膝盖上，在看书。她听到他走过来，抬起头。"我坐这儿，可以吗?"

"当然可以，我可以和你坐一起吗?"

她放下腿，合上书，朝旁边挪了挪。她见他在看书名:《邮差总按两遍铃》。"在你们的书架上找到的。可能不适合我，但是挺紧张的。我原先想，我们可以一起玩。但是戴维眼中只有梅克，梅克眼中只有戴维，尽管她装做没有这回事，装做看不出来。"

"你肯定?"

她同情地看着他，点点头，一副少年老成的样子。她一定会出落成一个美人，他想象着，有一天，她摘下眼镜，散开头发，翘起嘴唇的模样。"戴维和梅克是这么回事。我们一块儿干点什么，好吗?"

"干什么?"

"我们可以参观教堂和城堡，拜访一个我认识的画家，或者一个汽车修理工，他的修理铺看上去和五十年前一样。"

　　她想了一下，然后站起身。"那么好吧。我们去看画家。"

七

　　一个星期后，妻子问他了："怎么回事？如果这个夏天是正常的，那么以前所有的夏天就都是不正常的。如果以前是正常的，那么这个夏天就是不正常的。你不看书了，不写东西了，只和孩子们孙子们待在一起。昨天你到花园，要给灌木修枝。只要有机会你就会抓住我。真的，我有一种感觉，好像你的手再也不能从我身上松开了。我不是说你不能抓我。你可以……"她脸红了，摇了摇头。"总之一切都不一样了。我要知道是为什么。"

　　他们坐在露台上。儿子两口子和女儿两口子晚上去了朋友家。孙子孙女们已经上床睡觉了。他点燃一根蜡烛，打开一瓶葡萄酒，给妻子和自己各斟了一杯。

　　"烛光、葡萄酒。以前也没有过。"

　　"难道我不能现在开始吗？难道不能现在开始和孙子们玩耍，和孩子们待在一起，给灌木修枝吗？不能现在开始知道你的感觉有多好吗？"他用手搂住她的腰。

但是她甩掉了他的手。"不行，托马斯·威尔莫，这样不行。我不是机器，你想开就开，想关就关。我以前想象的婚姻完全是另外一个样子，但是那样显然不行，于是我就怎么行怎么来安排我的生活。我不能让一个情绪、一个几个星期后就会过去的夏天来左右我的生活。如果是这样，我宁愿自己来修剪灌木。"

"我三年前就已经不在大学教书了。很抱歉，我用了这么长时间才懂得了什么是退休后的自由。大学退休不像政府退休，来得那么干脆彻底。手上还有博士生，还要开一学期的讲座，或者在委员会担任一个职务，心里会想，以前想写但是没有时间写的东西，现在一定要写完。这就如同发动机熄了火，但挂在空挡上还会滑行。如果碰上下坡……"

"你是一辆发动机因为退休而熄了火的汽车。那么谁是那个下坡呢?"

"所有对待我就像汽车发动机还在跑的人。"

"我要特殊对待你。不是对待你就像发动机还在跑，而是就像发动机已经关了，停了。于是……"

"不，你什么都不要做。已经过了三年了，汽车不会再跑了。"

"……于是你从现在开始和孙子们待在一起，开始修剪灌木?"

他笑了。"而且从现在起，手再也不从你身上松开。"

他们并排坐着。他感觉到了她的猜疑。在她的肩膀上、手臂上、腰上和大腿上，他感觉到了她的存在。如果他再次搂住她，也许她不会再甩开他的手——毕竟他们已经相互交谈了，相互倾听了。但是她说不定会希望他把手拿开。或者她会把头靠在他的肩膀上？就像做煎饼时她用手搂住他那样，不过既不是一种默契，也不是一种承诺，就只是靠一靠？

八

　　他向她献殷勤。早晨，他给她把茶端到床边；她在院子里干活儿，他给她送去汽水；他给灌木丛修枝，给草坪割草。他养成了晚上做饭的习惯，多数情况下需要雅莲娜的帮助。孙子们无聊的时候，他是他们的玩伴。他经常检查，确保苹果汁、矿泉水和牛奶还有库存。他每天邀请妻子散步，只有他和她。刚开始，她急着要回家，要回去干活儿，但是慢慢地，散步的路程变长，有时她还会听任他拉着她的手，直到她需要用自己的手，从地上捡点什么，采摘点什么，或检查点什么。一天傍晚，他开车带她去湖对岸的一星餐馆，餐馆把他们的餐桌安排在水果树下的草地上。他们看着湖面，湖水在夕阳的照射下，宛如熔化的铅水夹带着铜水，闪烁着金属的光彩。湖水平静如镜，直到两只天鹅扑扇着翅膀，跑到岸上。

　　他把左手放在桌子上。"你知道，天鹅……"

　　"我知道。"她把手放在他的手上。

"今天回家，我想和你睡觉。"

她没有抽回手。"你还记得我们最后一次一块儿睡觉是什么时候?"

"你开刀前?"

"不，在那之后。我当时心想，我们又可以了。你那时对我说，我依旧和以前一样漂亮，你像喜欢我以前的乳房一样，喜欢我的新乳房。但是后来我上卫生间，看到了红色的疤痕，发现实际上不可以，太吃力了，我很吃力，你也很吃力。你当时表现得很会理解人，很会体贴人，你对我说，你不想催促我。如果我有感觉了，给你一个信号。但是我始终没有给你信号，你并不介意，而且你也没给我信号。后来我发现，其实在手术前就已经这样了，如果我不给信号，就什么都不会发生。从此以后我就不想给信号了。"

他点头。"失去的年华——对它们我说不出来有多遗憾。我以前想，我一定要证明给自己看，证明给别人看，当上校长、国务秘书或者联合会主席。而你却丝毫没有兴趣，我觉得你抛弃了我。你说得对，回顾过去，岁月没有任何分量，它们纷纷杂杂，匆匆过客而已。"

"你有过情人吗?"

"嗯，没有。除了工作我不会让任何东西任何人接近我。否则我完不成我的工作。"

她轻轻笑了。是不是想起了他当年工作的狂热劲头？是不是因为他从没有过情人，她感到很轻松？

他付账。

"你认为我们还行吗？"

"和第一次一样紧张，说不定更厉害一些。我不知道结果会怎样。"

九

没有成功。拥抱刚进行到一半，疼痛发作了。剧痛爆炸般从尾骨开始，一阵一阵地传到后背、髋部和大腿根。比以往最痛的一次都要痛。它泯灭了他的欲望，消灭了他的感觉，摧毁了他的思维。疼痛把他变成了奴隶，摆脱不了疼痛、甚至不敢期盼疼痛会停止的奴隶。他控制不住地发出了呻吟。

"怎么啦?"

他转成仰面朝上，双手死死按住额头。他能说什么?"我想是坐骨神经痛，以前从没有这么厉害过。"他艰难地起身，走到卫生间吃了一片安乃近，是医生开给他救急用的。他双手撑住水池，看着镜子中的自己。虽然以前从没有过这么厉害的感觉，但是他的脸却和以前一样，没有变化。深褐色的头发，鬓角已经灰白，灰绿色的眼珠闪着微光，两道深深的褶皱从鼻根一直拉到嘴角，鼻毛从鼻孔中探出，明天该修剪了，还有薄薄的嘴唇。能和这张熟悉的面孔分担自己的痛苦，用这张顽强的嘴向它、向自己保证，这个老朽的躯壳依然具有生命力，他为此感到安心。等疼痛稍微收敛了一点，他走回卧室。

妻子睡着了。他坐到床边，动作很小心，深怕惊醒了她。她的眼皮在跳动。她是不是在半睡半醒之间？在做梦吗？会梦见什么？她想梦见什么？他对这张脸太熟悉了，熟悉她年轻时的容貌，熟悉她年老后的容貌。她天真、快乐、无邪的容貌，她疲倦、苦涩的容貌。这两张完全不同的脸怎么能容忍到一起去呢？

他保持坐姿不动，不想刺激自己的疼痛部位。疼痛已经明确无误地告诉他，它不仅在他身上安家了，而且已经成了这个家的主宰。现在它退到了一间后室，但是门留着没有关，一旦有人对它没有表现出应有的尊重，它立即就会出现在眼前。

妻子的头发令他感慨不已。染成了褐色，先长出来的部分是灰色的，然后变成了白色——同衰老抗争，不断抗争，一再抗争，一败再败，却永不言败。如果妻子的头发没有染，那么她脸上隆起的鼻梁、高高的颧骨、皱纹，还有眼睛，让她看起来就像一个年老的印第安女哲人。有时妻子的眼睛看上去是那样的深不可测，他始终也探究不出一个结果，要么她具有深邃的情感和思想，要么她的双眼就是那么的空灵。他永远也不可能探究出所以然。

第二天早晨，她向他表示歉意。"不好意思，香槟酒，葡萄酒，吃饭，拥抱，高潮时刻的戛然而止，再加上你的坐骨神经痛，有些吃不消了，于是就睡着了。”

“不，是我不好意思。医生说过，我要提防坐骨神经痛发作，必须吃药。我没有料到发作起来会那么痛，而且发作得不是时候。”他害怕侧躺，于是伸出手臂。

她把头枕在他的手臂上。“我去做早饭。”

“不，不要去。”

“一定要去。”

她只是在做做样子。她想要的，也是他想要的。他请求疼痛待在后室不要出来，至少今天早晨、此时此刻不要出来。“你在上面?”

十

　　他们下楼的时候，其他人差不多已经用完了早餐。雅莲娜看着外公外婆，那眼神仿佛知道他们下来这么晚的原因。她才十二岁呀。他的脸还是红了，妻子的脸也红了。紧接着，她亲了他一下，就像是想向眼前的这些人表明，她和他是有那种关系的。

　　快到中午的时候，他去火车站接一个老朋友。火车进站，停车。要么是车厢高出很多，要么是站台低了很多，总之他的朋友必须跳下来。朋友听天由命地朝他笑了一下，好像已经做好了跌倒的准备，好像他这次来，不是为了一个短访，而是为了在老朋友家的乡村医院长住一段时间。

　　听天由命，仿佛游戏还没开始，便已结束，但同时心情却快乐四逸；仿佛事虽如此，却没有关系——这就是他的一贯做法，也是他一直探讨的：不要什么了不起的渲染，不要去想出人头地，待每一个人好，每一个人就会待你好，也包括考核你的人，也包括将来要录用你的人。朋友是一个成功的律师，这既要归功于他的专业知识，也要归功于他同当事人、对手和法官的交往方式。他同他们调侃，他也同朋友的妻子和孩子调侃。他们都喜欢他，虽然他的朋友中有些人娶的妻子喜欢霸着自己的丈夫，弄得丈夫没有了老朋友。

儿子海尔姆特特别喜欢这个朋友。还是孩子的时候，他就经常和爸爸还有这个朋友开车去度假，纯粹的男人的假期。冬天，他们一块儿滑雪。他如果不想滑了，或者滑不动了，这个上穿风衣下穿牛仔裤在冰道上一扫而过的朋友就会把他夹在两腿中间。在这个小男孩的眼里，这个黑色风衣随风舞动、把他急速但却是稳稳地带到山下峡谷的朋友简直就是蝙蝠侠一般的大英雄。后来，他给海尔姆特的学习和工作出谋划策。如果没有他的参谋，海尔姆特不可能下决心当律师。海尔姆特很想去火车站接他。但是，从火车站到家以及第二天晚上从家到火车站，是两位上了年纪的老友仅有的能单独待在一起的机会。

在车上，他们谈退休的生活，谈家庭，谈夏天。老朋友问："你的癌症怎么样了？"

"我们停到上面去。"他指着通向山丘的路说，"走几步路。"他内心斗争了很久，不知该不该把自己的打算告诉老友。他们两人一向无话不说。由于两人遭受了相同的命运的打击，所以谈论起来显得很轻松。两人在若干年前都被确诊患有癌症，不同的癌，不同的程度，两人都做了手术、放疗和化疗。但是如果朋友知道了他的打算，会如何面对他的家人呢?

他们走过丘顶。右面是森林，左面可以俯瞰湖水，眺望群山，遥望远方的阿尔卑斯山。天气比较热，是夏天的那种软绵绵但却结实的热。

"骨头再也支撑不住，粉碎、折断，疼痛再也无法忍受，只是一个时间的问题。我已经初步有过几次这样的经历了，不过还能对付。你的癌症怎么样了?"

"没有发作，有四年了。上个月应当做一次检查的。但是我没去。"朋友宿命地扬了一下手，又放下。"疼得受不了，你怎么办?"

"你会怎么办?"

他们走了好一会儿，朋友始终没有回答。最后还是他自己笑了。"只要能行，就享受夏天。还能怎么样?"

十一

　　吃完晚饭，他坐在沙发一角，看着其他人。他们在玩一个最多可以有八个人一起玩的游戏。他可以不引起他们的注意，不断变换坐的姿势，把靠垫一会儿抵在后背，一会儿靠在腰上，一会儿又放在大腿下面。每一次变换姿势都会让疼痛减轻一点，但是很快，疼痛会在新的姿势中积聚起来，于是程度又和原来一样了。他吃过安乃近了，但是已经不管用。现在该怎么办？开车进城？向医生要吗啡？或者说，是时候了，该从冰箱里拿出那个藏在半瓶香槟酒后面的小瓶子，把里面的鸡尾酒喝掉？

　　每次设想最后一个夜晚，他都把它设想成是没有疼痛的。这个时候他发现，要找到这么一个夜晚很困难。拖的时间越长，他的状况就越糟糕，没有疼痛的夜晚就越少，就越希望它到来，就越是期盼。他怎么能把这样的夜晚抛给死亡呢？另外一个方面，他也不想在疼痛中死去。吗啡是一种解脱吗？或许有了吗啡，没有疼痛的夜晚就不会久盼不来，就可以出现？

门和窗户都是敞开的，微风带来了湖边的蚊子。他想用右手打左手上的蚊子，却发现右手抬不起来了，不听使唤了。他换了一个姿势，结果又听使唤了。还好，换回到刚才不听使唤的姿势，手仍然可以动作。他试着换了几个姿势，手都可以抬起来。他心想，刚才手不听使唤会不会是自己的臆想。但是他很清楚，不是。而且他还知道，这种事情发生一次，便会再发生一次，不可逆转。

游戏结束了。朋友在讲他亲身经历的事情。他以前无法满足儿子女儿要听故事的愿望，现在同样也无法满足孙子孙女的愿望。他感到惭愧。他以前有什么可以讲给儿子女儿听？现在又有什么可以讲给孙子孙女听？说康德台球打得好，上大学的时候靠打台球挣学费？说黑格尔和他的夫人，两个人仿效马丁·路德和卡塔琳娜·冯·博拉的夫妻生活？说叔本华待母亲不孝，待妹妹不善？说维特根斯坦照顾姐姐无微不至令人感动？他肚子里有几个哲学家的轶事，还有几个历史传闻，不过那都是从他的爷爷那儿听来的。他自己的工作没有什么扣人心弦的东西可讲。他有什么可说的？他的工作有什么可说的？他的分析哲学有什么可说的？不也是以狡猾的方式浪费人类的智慧吗？

故事讲完后，在家人的请求下，朋友坐到钢琴凳上。他朝他微微一笑，弹起了《D 小调组曲》中的《恰空舞曲》。这首曲子他们上大学时听梅纽因弹过，当时就喜欢上了。现在弹奏的是为钢琴改编的。他不知道这部作品有钢琴曲，也没想到朋友会弹这首曲子。他是专门为他练习的吗？他是想把这首曲子送给他作为告别吗？音乐和朋友的礼物深深感动了他，泪水涌上了眼眶。在朋友把钢琴曲换成儿孙们喜欢听的爵士乐的时候，他的泪水仍然没有停止涌动。

妻子看到了。她坐到他的身边，头靠在他的肩上。"我也要哭了。这一天有美好的序幕，也有美好的终场。"

"是的。"

"我们上楼吧？孩子们发现我们不在了，他们会明白的。"

十二

　　半场时间到了。他知道，这个全家福的夏天的上半场虽然是在须臾间过去的，但是下半场会过得更快。他在思考还能对孩子们说些什么。达科玛，要她不要为孩子操那么多心？她是一个有才华的生物学家，不应埋没了自己的才华，应当出去工作？她太宠她的丈夫了，这样对他反而没有好处？海尔姆特，他真的对公司并购感兴趣吗？他真的对积累那么多钱感兴趣吗？老朋友就是眼前的榜样，难道他不想当一个和现在不一样的律师吗？

　　不，这样不行。达科玛嫁给了一个只知道吹牛的草包丈夫，他当然不希望自己的妻子意识到这一点，希望能用他的财产和夸张的表情迷惑住妻子。海尔姆特尝到了钱的甜头，而且上了瘾，享受果实的则是他的妻子。也许两个孩子都是因为人生缺乏踏实感才一味地迷恋上了外在的生活，也许是他没有给他们提供足够的踏实感。到了现在，他就更不可能给他们提供了。但是他可以对他们说，他爱他们。美国电影中父母和孩子相互随便就能说出口的东西，他一定也能说出口。

要说孩子们今年有什么不对头——在今年夏天，他们变得无欲无求了，容易相处了，而且也可爱了。儿子女儿如果表现欠妥的话，他在孙子孙女身上就不会感受到快乐。不，他不可能给孩子们指点人生，他只能对他们说，他爱他们。

有一天，疼得实在忍不住了，他坐上进城的火车，要医生给他开吗啡。医生犹豫再三还是给他开了一剂处方，然后再三叮嘱药效和用量。药房的女药剂师比医生要和气得多，他在她这儿买药已经几十年了，她带着悲凄的微笑递给他药盒和一杯水。"已经准备好了。"

他没赶上下午的火车，于是买了晚上的车票。他的汽车停在火车站，他问自己能不能开车，医生没有嘱咐。路上空空荡荡，他一路开下来，安全到了家。房子里没有灯亮。既然家人都睡了，他也就不用急了。他可以坐到湖边的凳子上，静静地享受，疼痛在这天夜里不仅退回到了后室，而且还说到做到地把自己锁在了里面。

是的，吗啡是一种解脱。有了它，没有疼痛的夜晚的确不会再久盼不来，而是可以出现了。他感觉轻松了。他的身体不仅不疼了，而且充满了活力，和缓但却坚实，身体长了翅膀，把他托举了起来。不需要移动身体，直接就能用手够到对岸的路灯，甚至能够到天上的星星。

十三

　　他听到了脚步声，而且听出是妻子的脚步声。他把身体挪到凳子的一侧，给她留出座位。"听到汽车声了?"

　　妻子坐下，没有出声。他伸出胳膊，想搂她的肩膀。她身体朝前一俯，他的打算落了空。她举起装鸡尾酒的瓶子，问："我想这就是那个东西?"

　　"什么东西?"

　　"别跟我玩把戏了，托马斯·威尔莫。这是什么?"

　　"一种很强的镇痛药，必须冷藏，不能落到孙子们手中。"

　　"所以你就藏在了冰箱里香槟酒瓶的后面?"

　　"是呀，我不明白你……"

　　"我现在痛得厉害。我想用香槟酒给你和我做一顿饭，我发现了这个瓶子，正好我痛得厉害。我最好把它喝了。"她扭开瓶盖，把瓶子举到嘴边。

　　"不要喝。"

她点点头。"一天晚上，我们大家坐在一起，很开心。你出去，喝完瓶子里的东西，再回来，睡觉。睡觉前你对我们说，你很累，想睡了，要我们让你睡觉。"

"我没有计划得那么仔细。"

"但是你想这么做，事先不告诉我，不问我，不对我说。这难道计划得还不仔细吗？"

他耸了一下肩膀。"我不明白你的想法。到疼得实在吃不消的时候，我会离开。我不想让我的离开给别人带来麻烦。"

"你忘记我们的婚礼了吗？说的是直至死亡将我们分开，不是直至你讨好死亡，直至你和死亡溜之大吉。我说过不愿意把幸福维系在一个仅仅只能维持几个星期的夏天上，还记得吗？你以为我发现不了你的秘密？或者以为等我发现的时候，你已经死了？我就没法儿对你兴师问罪了？你没有外遇，但是你这样欺骗我，比外遇好不到哪里去，甚至更坏。"

"我以为你们发现不了，我还以为这是一个美好的告别。你怎么……"

"美好的告别？你走了，而我却不知道你走了，这种告别美好吗？这不是告别，不管怎么说，不是我想要的那种告别。而且你这样根本不是和我告别，而是和你自己，你只是拿我当陪衬罢了。"

"我还是不明白，你为什么会生这么大的气……"

妻子站起身。"是的，你不明白，因为你不明白你在做什么。明天早上我把一切都告诉孩子，然后就走。你在这儿想干什么干什么。我不愿意留下来当陪衬。孩子们也会走的。不走才怪呢。"她把瓶子放在凳子上，转身走了。

他摇头。有什么地方出问题了，但是他不知道出什么问题了。不过有一点很清楚，肯定有什么地方出了他没有预料到的情况。明天早晨一定要和妻子谈谈。还从来没见过她发这么大的火。

　　他回去躺到床上时，妻子不在床上。早晨醒来时，她依旧不在。他和儿子女儿做好早餐，叫醒孙子孙女们。等大家都围桌坐定了，她来了，但是站着没有坐。

　　"我现在就回城里。你们的父亲计划在这两天的某个晚上当着所有家人的面自杀。我是偶然发现的。他不想告诉我，也不想告诉你们，他想喝掉那个药，然后睡觉，然后死去。我不想和这事有任何关系。他自己想的东西，应当由他自己了结。"

　　达科玛对丈夫说："带孩子出去，随便干点什么，不光是我们的孩子，所有孩子。"她的语气非常坚决，丈夫站起身，往外走去。见孩子们都跟着出去了，她转身对父亲说："你想自杀？就像妈妈刚才说的那样？"

　　"我不想让大家知道，本来不想让任何人知道。疼得越来越厉害了。等到实在吃不消了，我会离开。这有什么错吗？"

　　"但是你没有告诉过我们，而且也不打算告诉我们。我们是晚辈，你不说也就罢了，但是妈妈呢？疼痛什么时候会吃不消，也还要看妈妈怎么帮你去忍受。我想我们也会……"达科玛看着父亲，眼神充满了失望。

海尔姆特站起身。"算了，达科玛，别管了。这事应当由爸妈自己解决。我不想掺和在里面，你最好也不要卷进去。"

"但是他们自己解决不了。妈妈刚才说了，她不想和这事有关系。"达科玛不解地看着哥哥。

"这也是他们自己解决的一种方式。"他转身对妻子说："走，我们收拾东西，走。"

他们走了。达科玛犹豫了一会儿，也站起身，用询问的目光看着父母，见没有回答，她也走了。家里顿时忙碌起来，橱柜被掏空了，书和玩具被收起来了，床单被撤换下来了，开始装箱了。大人提醒孩子们，还有这个要拿，那个不能忘记。孩子们感觉到世界正在散架，于是个个表现得顺从、听话。

他的妻子在夜里就已经收拾好行李。她再一次站在厨房，环顾了一下四周，然后把目光落在他的身上。"我走了。"

"你不要走。"

"不，我一定要走。"

"你进城?"

"不知道。我还有差不多三个星期的假。"她走了。他听见她和孩子们告别，开门，关门，发动汽车，走了。过了一会儿，孩子们也都收拾好了。他们走进厨房，和他告别。儿子女儿有些尴尬，孙子孙女有些不知所措。他也听见他们走出家门，关上车门，发动汽车，走了。接下来是一片寂静。

十五

　　他坐着没动，一时还没反应过来，家里怎么会一下子就变得空空荡荡。他不知道该干什么。不知道今天早晨干什么，今天白天干什么，明天干什么，下个星期干什么，是不是应当立即结束自己的生命，还是等等再说。最终，他站起身，收拾好桌子，将用过的餐具放进洗碗机，放入洗涤剂。他到楼上收拾床单和毛巾，放到地下室。和洗碗机不一样，他从来没有操作过洗衣机，他在放洗衣粉的架子上找到了说明书，按照说明进行操作。洗衣机一次可以放进去两张床单。估计一共要洗四到五次。

　　他走到湖边，坐到凳子上。周围伴随着孙子孙女们玩耍的吵闹声，这个位于湖边的凳子就如同图书馆里的一张桌子，咖啡馆里的一张台子，或客厅里的一张沙发，既有旁人伴随在他的左右，他又是独自的一人。没有了嘈杂声，他反而感到孤独。他很想仔细考虑一下，自己究竟该干什么，但是他脑子里空空的，什么也想不起来。于是他想找一个哲学命题思考，一个他留给退休后研究的命题，但是他不仅想不出任何与命题有关的东西，甚至都想不出命题。前几个星期的场景浮现在脑海中：戴维和梅克在划船，马蒂亚斯和费迪南特在用石子堆小岛，雅莲娜膝盖上放着书，和他拜访画家，他和孩子们做饭，修剪灌木枝，给妻子沏茶，倒汽水，日益增加的亲近，还有他们做爱的那个早晨。他感到了一丝渴望，的确只有一丝，因为他还没有完全反应过来，家里的人就都已经走了。他知道他们走了，他亲耳听见了，也亲眼看见了，但是还没有反应过来。

当疼痛重又开始向他报到时，他反而产生了一种几乎可以用庆幸形容的感觉。这种感觉犹如一个人被抛弃在一个陌生的地方时，遇见了一个虽然不喜欢、但却在中学或大学或企业或办公室同学过共事过的人，相遇让人忘记了孤独。除此以外，疼痛还让他想起了自己为什么会在这里：不是为了融化在家庭的气氛中，而是为了和家人告别。可是现在告别来得早了一些，而且和计划的也大不一样。

是的，只能这样了，或者还有补救？他站起身，晾晒第一批洗好的衣服，把第二批衣服放进洗衣机。他知道，刚才的那个告别不仅仅只是来得早了一些，不仅仅只是和计划的不一样，它和他计划的告别完全不是一回事。刚才的那个告别已经发生了，而计划的告别则有可能延缓，有可能被阻止，有可能有奇迹发生。

他不相信奇迹。但是他发现,自己是在糊弄自己。依照他的想象,疼痛会越来越强烈,越来越难以忍受,最终会发展到忍受不下去,到了那个时候,自然就会做出告别的决定。但是没想到随着疼痛的愈演愈烈,止痛药的剂量也越来越大。喝鸡尾酒,同家人告别,这个决定不可能自然做出,必须由他做出。但是他还有时间,他还不能正视做出这个决定有多么艰难。如果摔断了一只手,或者一条腿,是不是就差不多了?

他以前看过几次妻子晾晒衣服。她先把院子里的绳子擦干净,把洗衣篮从地下室搬上来,把洗好的衣服甩开,她会像围围裙一样,在腰上围一个袋子,从袋子里拿夹子夹住衣服。他照着样子做。弯腰拿衣服,抖开衣服,从袋子里取夹子,把衣服晾到绳子上,用夹子夹住。他每做一个动作,都仿佛看见妻子就在眼前,不是,不是看见,而是感觉,感觉到她在做同样的动作。一种同情之心油然而生,为妻子的身体感到的同情。这个身体,忍受了职业、家务和带孩子的辛劳,忍受了分娩和流产的痛苦,忍受了一再复发的膀胱炎和偏头疼的反复折磨。他激动得甚至哭泣了起来。他想停止哭泣,但是控制不住。他坐在露台的台阶上,透过眼泪,看见晾晒的衣服随风飘动,扬起,落下,扬起,落下。

他精心筹划的这个夏天不会留下任何东西。又一次,配料都齐了，但是这一次，幸福却没有成其为幸福。这一次和以前几次都不一样。有那么短暂的时间，他的确真的幸福了一下。但是幸福没有持续下去。

十六

这一天，他是在倾听中度过的。在院子里，在湖边，他倾听，细辨听到的声响是不是妻子的汽车声。在二楼，他听到一楼有声响，细辨是不是脚步声。在一楼，他听到二楼有声响，细辨是不是有人在说话。

在接下来的几天，他有好几次断定，听到妻子的汽车开到了门前，妻子上了楼梯，马蒂亚斯朝他扑来，雅莲娜在喊他。每次，他都会跑到门前、楼梯口，转身，但是没有人影。有一天，他一次又一次地从家里跑向湖边，因为脑子里有一个念头，觉得妻子会坐小船过湖，坐在湖边的凳子上，等待他坐到她的身边。跑到湖边，看到凳子，他觉得自己刚才的念头非常荒唐。但是等回到家中，刚过一会儿，他又会产生错觉，觉得听到有发动机熄火停泊靠岸的声音。

到最后，他听到更多的是家中和院中的空空荡荡，于是他麻木了。早晨淋浴刮脸穿衣的程序他感到力不胜任。开车去购物，他会穿着睡袍，下面胡乱套条裤子，上身再披件外衣，丝毫不在乎路人的眼光。下午，他喝酒，到了傍晚，不是喝醉了，就是在酒精和药物的双重作用下，几乎失去了意识。只有在这个时候，他才完全感觉不到疼痛。否则的话，不是一个部位疼，就是全身到处疼。

一天晚上，他在地下室的楼梯上栽倒了。酒醉之下，他无法站立，也上不了楼。他坐在台阶上，靠着墙，睡着了。睡到半夜，他醒了，发现右手肿了，而且很疼。不是那种他熟悉的疼痛，而是一种新得的、新鲜的疼痛，每做一个动作，右手从手腕到手指都像针扎一样疼。这种疼痛感告诉他，手腕骨折了。它还告诉他，那一时刻到来了。

但是，他没有去取鸡尾酒，而是走进厨房，泡了一杯咖啡。他用手帕包了一些冰块，坐到桌旁，一边给手腕冷敷，一边喝咖啡。自己开车肯定是不行了。必须要叫出租车。看着自己的模样，闻着身上的味道，他觉得这样无法见人。他艰难地冲了一个淋浴，穿上干净的内衣和外套。他打电话给出租车公司，把上了年纪的经理从床上叫了起来，他们两人认识多年，老经理执意要自己开车过来。他坐在露台的台阶上，等出租车。夜晚的空气并不凉爽。

后面的事情就自然而然了。出租车把他送到医院，医生给他打了一针，让他去拍片。负责的护士给他拍了片子，然后送他去候诊室等候。候诊室只有他一个病人，白色的日光灯下，他坐在一张白色的塑料椅上，看着外面没有一辆汽车的停车场。他一边等着，一边在心中给妻子写了一封信。

等了一个小时，医生喊他了。这次除了刚才那位医生，又多了一位。第二位医生负责给他解释，告诉他手上骨头的数量和位置，告诉他手上有两处骨折，不过不需要开刀，也不需要上夹板，绑一个固定绷带就可以了，估计愈合不会有问题。医生给他绑好绷带，要求他三天后来复查。接待处会帮他要出租车的。

开车送他回家的还是那个送他来的老经理。路上，他们谈论孩子。天亮了。他下车的时候，和做煎饼的那天早晨一样，鸟开始鸣叫了。已经过去多长时间了？三个星期？

十七

　　他走进自己的书房，坐到打字机旁。在这台打字机上，他写过信，写过文章，写过书，直到后来有了秘书，才改为了口授。退休后，他本可以学用电脑，但是他宁愿请他的老秘书帮忙，或者干脆不写。

　　用打字机已经不习惯，现在伤了右手就更显得笨拙了。他只能用食指，一个字母一个字母地找。

　　"我不能没有你。不是因为换洗衣服，我自己可以洗、晒、叠好。也不是因为做饭，我自己可以买、烧。我可以打扫房间，给花园浇水。

　　"我不能没有你，因为没有你，一切就失去了意义。我在生活中之所以能有所成就，全都是因为我有了你。如果没有你，我的生活将一事无成。这几天没有你，我的生活每况愈下，已经完全潦倒了。万幸的是，我发生了一个事故，进行了认真的思考。

　　"我没有把我的情况全部如实地告诉你，我独自计划了要结束自己的生命，我计划在我再也无法忍受我的生命时，实施这个决定，对此我感到抱歉。

"你知道我有一个匣子，是从父亲那儿继承来的。我会把瓶子锁在匣子里，再把匣子放进冰箱里。匣子的钥匙在这封信的信封里。这样，没有你，我再也不可能做出这样的决定。如果实在不行了，就让我们共同决定。我爱你。"

他把瓶子锁进匣子，把匣子放进冰箱，把信连同钥匙放进信封，写上他们在城里的地址。他等邮递员，把信封亲手交给了他。

邮递员刚刚离开，他就产生了疑虑。让他的生命、他的死亡掌握在她手中？如果她没有收到信，或者没有打开信，或者不想看信，那怎么办？他很想再看一遍自己写了什么，但是信没有备份。好在有一份几乎已经写完的草稿，因为打字错误太多，他扔到废纸篓里了。

他站在写字台旁，发现拉开的抽屉里有一把钥匙。他拿出钥匙。他忘记了匣子有两把钥匙。他笑了，把钥匙插进匣子的锁眼。

他躺在书房的沙发上，补睡了夜里缺的觉。过了两个小时，他被手上的伤疼醒了，他走到湖边，坐在凳子上。如果她没有去外地，明天能收到信。如果去了外地，就要等几天。

他站起身，从包里拿出钥匙，左手用劲往远处扔去。钥匙在阳光下闪烁，在入水的一刹那，又闪了最后一下。落水处散出几圈涟漪。很快，湖水恢复了平静。

吕根岛上的巴赫

一

电影结尾，他的眼泪涌上来了。故事的结局算不上大团圆，没有对幸福未来的海誓山盟，只留下一个朦胧的希望。相约的二人错过了相会，不过可能还有机会再次相遇。女主角的生意没有了，但是正在鼓起勇气，重新开始。

她的生意完了，因为姐姐把她的钱全赔光了。她鼓起勇气，重新开始，因为父亲把房子卖了，买了一辆小货车送给她，这个雪中送炭的礼物令她深感意外。父亲上了年纪后，经常怨天尤人，给她带孩子也是时而不好时而凑合，满脑子都是些怪念头。自那以后，父女俩站在街头，看着自己的小货车，父亲搂着女儿，女儿的头靠在父亲的肩上。她的业务是清理和打扫犯罪现场。在全片的最后一个镜头，父亲身穿蓝大褂，戴着白口罩，和女儿一块儿干活，场面表现了一种无声胜有声的亲情。

他经常会因为大团圆的结局而泪涌眼眶。每到这个时候，他会觉得胸腔的气不够用，眼睛变得湿润，说话之前先要清一下嗓子。但是眼泪不会夺眶而出。每到这个时候，他多么希望能大哭一场，不仅是因为电影里的大团圆，让他潸然的还有婚姻的破碎，或者朋友的去世，或者很简单，失去了人生的希望和梦想。小的时候，他经常是伴着哭泣入睡，但是现在做不到了。

最后一次痛痛快快地大哭一场，是很多年前了。他和父亲因为政治上的分歧，发生了争执，那是那个年代两代人之间常见的争执，父母觉得自己为之生活的东西功亏一篑，孩子们则顽强地认为，自己的思想不仅和老辈人不一样，而且要胜过他们。他理解并且尊重父亲的痛苦，毕竟他们失去了他们熟悉和喜爱的世界，但是他也希望，父亲能理解和尊重他追求一个新世界的愿望。但是他遭到了父亲的痛斥：欠考虑，没有经验，狂妄，不知道尊重人，没有责任心。那一次，他的眼泪涌了上来。但是他不想让父亲有老子凯旋儿铩羽的感觉。他强忍下眼泪，虽然说不出话，但是表现出了一种不屈。

如果他需要小货车，父亲会卖掉房子，送他一辆吗？父亲会身穿蓝大褂、戴白口罩，帮他清理犯罪现场吗？他不知道。当然，他和父亲之间的问题，不是关乎一辆小货车，或者蓝大褂，或者白口罩。父亲会因为他的政治活动而放弃工作，支持他吗？在他开始新的职业，或者在一个新的地方重新开始的时候，父亲会帮助他吗？或者他会认为，儿子是咎由自取，不值得帮助？

即便父亲真的帮助了他，电影里父女间那种无声的亲情在他们之间也永远不会出现。电影里的亲情是开放式大结局中的一个小团圆。它是一个小的奇迹。为此而落泪是说得过去的。

二

　　他原来打算坐出租车回家，在家里把报社下周需要的文章整
理一下。但是走出电影院，夏日的空气柔柔扑面，他决定走回家。
穿过广场，经过博物馆，顺着河往前走，他没想到街道竟然这么
生机勃勃。不时有旅游团迎面走过，游客有老有少。有一个意大
利团让他感触最深。爷爷奶奶，父亲母亲，儿子女儿，估计还有
他们的男女朋友，大家手拉着手，迈着轻松的脚步，哼着小曲，
他们看他的眼神热情友好，像是在发出某种邀约。他们和他交错
而过，他甚至来不及考虑他们眼神中的那种邀约，不知道该如何
反应。他在心中问自己，如果我的父母和孩子们幸福地相聚在一
起，我也会这么动感情吗？
　　在街边的意大利餐厅，他要了一杯葡萄酒。刚才的问题又冒
出来了。隔两张桌子，有一对父子在交谈，气氛融洽、活跃。看
着看着，他的情绪变了。他嫉妒，生气，还感到了苦涩。在他的
记忆中，他从没和父亲进行过一次这样的交谈。谈话的气氛如

果是热烈的，那一定是在为政治、社会或权利的问题争吵。只有在谈论无关紧要的、琐碎的事情时，气氛才有可能是平和的。

第二天早晨，他的情绪又一次发生了变化。这天是星期天，艳阳天，他在阳台上吃早餐，乌鸫在鸣叫，教堂的钟声在鸣响。他不想让自己变得苦涩，他也不想在父亲去世后留下来的只有苍白无味、不好的回忆。父母从教堂回来后，他给他们打电话。和往常一样，是母亲接的电话。和往常一样，在互问了最近在干什么、健康和天气之后，两人的谈话停顿了。

"你觉得我可以邀请爸爸出去做一次小旅行吗？"

母亲许久没有说话。他知道，母亲最希望的莫过于孩子和她的丈夫能改善关系。母亲没有回答，是因为她听到这个问题，高兴得没有回过味来？还是因为她担心，他和父亲之间的关系已经陷入了僵局？过了好一会儿，母亲问："你考虑的是一次什么样的小旅行？"

"有两样东西我和爸爸都喜欢，一个是大海，一个是巴赫。"他笑了，"你觉得我和爸爸还有什么是两人都喜欢的吗？我想不出来了。九月份在吕根岛有一个巴赫音乐节。我想带爸爸去两三天，听几场音乐会，在海边散散步。"

"不带我？"

"不带你。"

母亲又是许久没有说话。仿佛是给自己鼓了劲，母亲最后突然说："这个主意很好！你能给你爸爸写信告诉他吗？我担心，电话告诉他太突然，他会拒绝的。当然，他可能事后会后悔。但是既然事前能写信把事做得稳妥一些，又何必事后去补救呢？"

三

　　九月的一个星期四，他到父母住的小城接父亲。这里也是他长大的地方。酒店和音乐会门票已经预订。他决定不住在大地方，那里虽然有众多百多年历史的华丽建筑，但是父亲更喜欢节俭，他们住在一个小村庄的一个很简朴的旅店，不过这里就在海边，漫漫海滩绵延好几公里。他们星期五下午听《法国组曲》，星期六晚上是《布兰登堡协奏曲》和《意大利协奏曲》，星期天下午还有一场圣歌合唱会。他打印了所有音乐会的日程。汽车驶上高速公路后，他把日程表递给父亲。他还想好了一些问题，打算在路上问父亲：童年，青年，大学，职业。这些问题不会引起争吵。

　　"不错。"父亲看了日程表后说道，然后就不说话了。他身体笔直地坐着，两腿交叉，双臂放在扶手上，两只手耷拉在扶手的前面。他在家里坐沙发一直都是这个姿势。孩子在高中毕业前到法庭庭审现场去看他，看到他也是这个姿势坐着。他看上去挺放松，头部微倾，脸上浮现出一丝微笑，让人相信他在聚精会神、

273

全神贯注地听。但与此同时，这个姿势也令人心生距离。表面上看放松，实际上是对周围人和环境的拒绝；表面上看头部微倾面带微笑，实际上遮掩的是倾听过程中的怀疑。他已经有好几次吃惊地发现自己坐的姿势和父亲一模一样，因此他深知这层关系。

他问父亲最早的记忆，得到的回答是水手服，是圣诞节的礼物，那时父亲才三岁。他问父亲在学校喜欢什么讨厌什么。父亲的话多了一些，讲到了体操课，祖国历史课，作文写不好，最后模仿自己父亲书橱里一本书中的文章写了一篇作文。他还回忆了舞蹈课，还想起了高年级学生的聚会，这类活动和大学生社团聚会一样，大家会喝得酩酊大醉，之后，那些自以为已经长大成人的学生还会跑到妓院去。不，他没有去妓院，而且喝酒也是三心二意。上大学的时候，他无视自己父亲的一再督促，拒绝加入一个大学生社团。在大学，他要的是学习，要得到的是精神的财富，但是学校所能提供的只有施舍和布施。他还提到了他听过课的教授、他参加过的活动。然后他累了。

"你可以把扶手调低一点，这样睡觉舒服。"

父亲把扶手调低了一点。"我只想稍微休息一会儿。"但是没过多久，他就睡着了，开始打呼，时不时还咂一下嘴。

睡觉中的父亲——他发现这种场面自己还从来没有经历过。小时候在父母的床上大闹、折腾，在他们的床上入睡和醒来，这些场景他已经记不清了。父母度假从来不带孩子，不是把他们送到爷爷奶奶家，就是叔叔或姑姑家。他觉得这样也挺好，假期不仅意味着脱离了学校，也意味着脱离了父母。他朝父亲看去，看着他下巴和脸颊上的胡茬，探出鼻孔的鼻毛，耳蜗长出来的耳毛，嘴角的垂涎，鼻翼上暴出的血管。他还闻到了父亲身上的味道，有些发霉，也有些发酸。他有些庆幸，除了日常的、也是可以避免的见面吻和告别吻外，他和父母之间没有亲吻，也没有过其他亲热的举动。他接下来问自己，如果他和父亲之间有亲热的举动，他会亲热地对待父亲的身体吗？

他停车加油。父亲将身体侧转，继续睡觉。交通堵塞。一辆救护车闪着蓝灯，鸣着警报，辟出一条道。父亲在低喃着什么，但是没有醒。父亲沉沉的睡意令他恼火，他觉得这是父亲问心无愧的表现。带着这份无愧，父亲自以为是地走过了一生，对他评判、批评、指责。交通逐渐动起来了。他绕过柏林，穿过布兰登堡，到达了梅克伦堡。单调的风景令他的心情有些沮丧，降临的暮色又令他的心情和缓了一些。

"暮色沉沉，世界多静寂，夜色茫茫，万物多奇异。"父亲醒了，背诵了一句马蒂亚斯·克劳迪乌斯的诗。他微笑着看着父亲，父亲也微笑着看着他。"我梦见了你姐姐小时候的事情，她爬树，越爬越高，然后飞到我的怀里，轻盈，像一片羽毛。"

姐姐是父亲和第一个妻子生的孩子。第一个妻子在产褥期去世，家里人都把她称做天上的妈妈，第二个妻子被称做地上的妈妈。第二个妻子是两个儿子的母亲，也成了他们的姐姐的母亲。姐弟三人从来都把他们看成是全血缘的血亲，从来没有认为他们只是半个血亲。但有时他还是会问自己，父亲对姐姐特别的爱是不是对前妻的爱的延续。暮色、微笑、梦境，象征的是渴望，表现的是信任。他觉得可以问问父亲。"你的第一个妻子怎么样?"

　　父亲没有回答。朦胧的暮色变为黑暗的夜色。看不清楚他的脸，也分辨不出他脸上的表情。他清了一下嗓子，但是依旧没有说话。当儿子放弃希望，不指望父亲会回答的时候，父亲说话了："嗯，和妈妈一样。"

四

第二天早晨，他醒得很早。他躺在床上问自己，昨天问那个问题时，父亲是不是在回避，或者不想对第一个妻子多说什么。他会不会因为无法忍受回忆、思念和忘怀的压力，而把两个妻子感觉成一个人，当做一个人来思念？

但是在用早餐时，他无法向父亲提出这个问题。他们坐在台阶上，远眺大海。父亲转达了妈妈的问候，他刚和她通了电话。父亲敲碎鸡蛋的一头，给一片面包放上火腿，给另一片抹上奶酪，然后专心致志地吃，一言不发。吃完，他开始看报纸。

他和母亲在电话里会说什么？互问觉睡得怎么样，这边和那边的天气怎么样？为什么他称呼妻子是妈妈，尽管孩子从来不这样称呼她？他是真的想看报纸？还是想用报纸掩饰自己？和儿子一块儿旅行他感到拘束吗？

"也许你会赞成政府……"

听口气，父亲仿佛想重挑以往进行过多次的关于政治话题的争吵。他没有让父亲把话说完。"我已经好几天没看报纸了，下周再看吧。到海滩上走走，怎么样？"父亲坚持要把报纸看完，但是不再试图把争吵的话题进行下去。终于，他叠好报纸，放在桌子上。"走吗？"

他们走在沙滩上。父亲一身正装，领带，黑皮鞋。他汗衫，牛仔裤，旅游鞋用带子绑在一起，搭在肩上。"来的路上你谈到了大学，后来呢？你为什么可以不上战场？你后来丢了法官的位置，具体原因是什么？你喜欢当律师吗？"

"一口气四个问题！我那个时候就有心脏病，现在还有。是心脏病救了我，没上战场。我丢了法官的位置，是因为我给认信教会提供法律咨询，当时地方法院院长和盖世太保很生气。于是我改当了律师，以律师的身份继续给认信教会提供咨询。事务所的合伙人没有给我制造麻烦。不过我做的业务和律师常做的合同、抵押、遗嘱之类的东西几乎搭不上边，我也几乎没有出过庭。"

"我看过你在一九四五年的《日报》上发表的文章，不仇视纳粹，不要求清算，不要求以牙还牙，希望共渡难关，共同建设被摧毁的城市和农村，和难民手携手——你为什么那么宽容？纳粹犯下了滔天罪行，而且他们还剥夺了你的工作。"

在沙子里走路，速度有些滞缓。父亲没有丝毫要脱鞋、脱袜、卷裤腿的意思，而是艰难地一步步往前走。以这种速度，他们不可能走到长长的、明晃晃的沙滩的尽头，不可能到达阿科纳海角，不过他并不在乎，因为他和父亲不一样，父亲眼中始终有目标，有计划，在吃早餐的时候就已经打听过海角的情况了。他们在三小时后必须回到旅店。

就在他差不多又要放弃希望的时候，父亲说话了："你想象不出来，生活乱了阵脚是怎么一回事。那个时候，让一切都恢复秩序是最重要的。"

"那个地方法院院长……"

"……在一九四五年秋天对我表示热烈欢迎，仿佛我刚刚度了一个长假回来。他不是一个坏法官，也不是一个坏院长。他只是乱了阵脚。他和所有人一样，很高兴一切都过去了。"

他看到父亲的额头和太阳穴上有汗珠。"如果你脱去正装，解下领带，光脚走路，会乱了阵脚吗？"

"不会的，"父亲笑了，"也许我明天会试一下。今天我很想坐在海边看浪花。就在这儿怎么样？"他没有解释是走不动了还是不想走了。他高高地拉起裤腿，免得裤子绷在膝盖上，他盘腿坐在沙子里，望着大海，不说话了。

他坐到父亲身边。原以为必须和父亲谈点什么，摆脱了这种想法后，他开始享受眺望大海。静谧的海水，白色的云朵，阳光和阴影的交替，咸咸的空气，微微的海风。天气不热也不冷。完美的一天。

"你怎么会去看我一九四五年写的文章?"这是他们这次出来,父亲提的第一个问题。他听不出父亲是有些猜忌,还是只是好奇。

"我给《日报》的一个同事帮了个忙,他就复印了你的文章,寄给了我。我估计他可能是想在存档里找找看,有没有我感兴趣的东西。"

父亲点点头。

"你当时给认信教会咨询,不害怕吗?"

父亲松开盘坐的腿,朝前伸直,用胳膊肘撑住身体。这个姿势看上去很不舒服,估计也的确不舒服,只过了一会儿,父亲便坐直身体,将腿重新盘起。"我以前一直想写写害怕,但是真到了退休,却不写了。"

五

　　音乐会五点钟开始。他们四点半就到了，把车停在举办音乐会的皇宫前的停车场上。大部分车位还都是空的。他提议音乐会开始前在皇宫花园散一会儿步。但是父亲等不及，于是他们走进空荡荡的大厅，坐在第一排，等待。

　　"这次是吕根岛第一次举办巴赫音乐节。"

　　"人必须学会习惯一切事物，也应当学会习惯巴赫。在十九世纪，是门德尔松发现的巴赫，你知道吗？"父亲谈起了巴赫和门德尔松，说起组曲是十六世纪舞曲的一种组合形式，在十七世纪，组曲还有一个名称叫帕蒂塔，巴赫的组曲或者说帕蒂塔以轻盈见长，《安娜·玛格达莱娜·巴赫的键盘曲集》中的早期组曲，《法国组曲》，《英国组曲》，一七二〇年和一七三〇年之间的帕蒂塔的形成，三部小调和三部大调《法国组曲》以及它们的各个乐章。讲起这些来，他兴致勃勃，为自己的知识感到高兴，也为儿子的关注感到高兴。

钢琴手很年轻，父子俩从没有听过他的名字。他以一种没有感情的精准弹奏巴赫，仿佛音符是数字，仿佛组曲是账单。演出结束，面对为数不多的听众，他的鞠躬谢幕依然没有感情。

"是不是听众多一些，他就会用心弹奏？"

"不，不会的。他以为巴赫就应当这样弹。我们喜欢的巴赫，他会觉得太多愁善感。但是巴赫的伟大不正体现在这里吗？不管怎么演绎，都无损巴赫，今天这个演奏无损巴赫，手机的铃声也同样无损巴赫——我坐在有轨电车里，听着各种手机铃声，巴赫，还是巴赫，永远完美的巴赫。"父亲的语气充满了深情。在回旅店的路上，他比较里希特、席夫、费尔纳、古尔德和贾勒特对《法国组曲》的评论。儿子既对父亲丰富的知识感到惊讶，也对父亲说起巴赫的滔滔不绝感到不可思议，一口气，不中断，没有停顿，丝毫不在意自己的谈论是不是有人感兴趣。不管有没有人要他提出问题，做出评论，他都侃侃而谈，滔滔不绝。儿子觉得，他听到的是父亲自己和自己的交谈。

关于巴赫的评论在晚餐时依然进行着，不过从《法国组曲》转到了对弥撒曲、清唱剧和耶稣受难曲的分析。直到儿子在卫生间待了很长时间，回到桌边，滔滔不绝才干涸下来。那种活力、喜悦和深情也随之消失得无影无踪。儿子要了第二瓶葡萄酒，做好准备，聆听父亲对暴饮暴食和奢侈的批判。但是父亲接受了儿子给他续杯。

"你为什么那么喜欢巴赫?"

"怎么问的!"

儿子不依不饶。"有人喜欢莫扎特,有人喜欢贝多芬,还有人喜欢勃拉姆斯,总是有理由的。我很想知道你喜欢巴赫的理由。"

父亲的身体又坐得笔直起来,两腿交叉,双臂放在扶手上,两只手耷拉在扶手的前面,头部微倾,脸上浮现出一丝微笑。他目中无物地看着。儿子端详着父亲的脸庞,花白的头发,高高的额头,鼻子和嘴角之间深深的沟纹,隆起的颧骨,松弛的腮帮,薄薄的嘴唇,疲倦的嘴巴,棱角分明的下巴。儿子觉得父亲的脸很耐看,但是他看不透内里,是什么忧虑在他的额头上刻下了深深的沟槽,双唇为谁而疲倦,目中为何无物。

"巴赫把我……"父亲摇了摇头,但是接着说了下去。"你奶奶是一个任性的、有思想的女人,你爷爷是一个死板的公务员……"

他的话又停住了。儿子在小时候和父亲到养老院看过几次奶奶。她坐在轮椅里,不说话。通过父亲和医生的谈话,他记住了老年忧郁症这个名称。对爷爷他没有印象。父亲为什么不能谈谈他的父母呢?"巴赫的音乐是融合型的,将对立面,光明和黑暗,强大和弱小，过去和……"他耸了一下肩膀，"也许只是因为我学钢琴弹的就是巴赫。有两年，只允许我弹练习曲，后来的《安娜·玛格达莱娜·巴赫的键盘曲集》对我来讲有如天上掉下来的礼物。"

"你弹过钢琴？为什么不弹了？什么时候开始不弹的？"

"我想退休后再去上课学钢琴，但是未能如愿。"他站起身，"明天早餐后到海滩散步？我记得妈妈给我带了一条合适的裤子。"他把手在儿子的肩上放了片刻，"晚安，我的孩子。"

六

　　他后来回忆过和父亲的这次旅行，记忆中的星期六只留下了蓝天和碧海，沙滩和礁石，榉树和松树，田野和音乐。

　　早餐结束，他们出发了。他穿的是牛仔裤和汗衫，旅游鞋依旧搭在肩上，父亲穿的是浅色的亚麻布裤子，腰间围了一件毛衣，手上拎着一双凉鞋。走到没有沙子的地方，他们穿上鞋子。今天的速度不错，只几个小时的工夫，他们便到达了海角。他们相互没说话。当他问父亲，他是想继续走下去还是想返回，父亲只是摇了摇头。

　　在海角，他们坐下来歇口气，相互依旧无语。回旅店他们要了一辆出租车。在车里，他们默默地看着风景。在旅店，他们一直休息到开车进城听音乐会。中学的讲堂坐满了人。父子二人这时依旧没有交流，但一致为乐队饱含激情的演奏感到振奋。"很高兴，他们给《第四号布兰登堡协奏曲》配的不是竖笛，而是横笛。"这是父亲对这场音乐会唯一的评论。

在旅店，他们很晚吃了一点简单的快餐，祝愿明天有一个好天气，计划早餐后到远一点的白垩岩礁，然后互道晚安。

他把剩下的半瓶葡萄酒拿进房间，坐到阳台上。他和父亲在一起，无言无语，就如同那部电影结尾，女儿和父亲在一起合作一样。但是这种无言的在一起给人的感觉与其说是无言的亲近，不如说是一种无言的停火。父亲希望安静，不希望有人催着，他给了父亲这份安静。为什么他的问题会让父亲有一种被催促的感觉？难道是因为他不想对外界展现他的内心世界，即便是对儿子也不愿意？难道是因为在他从未对外界打开过门窗的内心世界里，一切都已经枯萎、死亡，他甚至不知道儿子想从他那儿得到什么？难道是因为在心理分析和心理康复成为家常便饭之前，他就已经长大成人，他根本就没有表达内心世界的语言？难道是因为不论他做过什么，不论他发生过什么，他把自己的两次婚姻，把一九四五年之前和之后的职业看做是延续的、连贯的，因此一切都是一样的、没有什么好说的？

他明天很想和父亲继续谈谈。无言的亲近，这个要求太高了，他甚至不敢奢求有言的亲近。但是他要走进父亲。他要在父亲去世后知道的不仅仅只是他写字台上的照片和他宁愿不再提起的回忆。

他回忆起了父亲教他游泳，笨手笨脚，而且没有耐心；回忆起了每年两次星期天同父亲和哥哥从教堂散步回家，单调、没有乐趣；回忆起了父亲对他中学和大学成绩的审问；回忆起了他们因为政治分歧而发生的争执，揪心痛苦；回忆起了他离婚时父亲的愤怒，因为这是家族的第一个离婚事件。他在自己所能回忆起的所有事件中，找不到一个令人愉悦的片段。

什么都没有，他和父亲之间什么都没有。正是这种一无所有令他痛心，令他胸膛发闷，令他眼眶湿润。但是眼泪就是跨越不过眼眶。

七

　　直至到了目的地，看见了白垩岩礁，父亲才对他说，他以前到过吕根岛。第一次是和第一个妻子度蜜月，第二次是和第二个妻子。两次蜜月的目的地都是希登塞岛，要到白垩岩礁必须绕很远的路。再次看到白垩岩礁，他非常高兴。

　　午餐时，他问："今天下午唱哪些圣歌？"

　　儿子站起身，取过节目单：《不用害怕，我和你们在一起》《神帮助我们克服懦弱》《耶稣，我的欢乐》《给主献上一首新歌》。

　　"你知道歌词吗？"

　　"你说的是圣歌的歌词？你知道吗？"

　　"是的。"

　　"所有圣歌？所有康塔塔？"

　　"康塔塔有好几百首，但是圣歌不多。我以前在大学合唱队唱过。'不用害怕，我和你们在一起，我让你们坚强，我帮助你们，我用我的正义之手扶住你们。'对一个保守的大学生来讲，这个歌词写得很好。"

"我知道你每个星期天都去教堂。是出于习惯，还是真的出于信仰？"他知道，这个问题很刁钻。三个孩子很早就对教堂不感兴趣了，父亲很痛心，但他只是通过阴沉的脸色表达自己的痛心。带着这个脸色，他每个星期天早餐后，会独自站起身，独自前往教堂。父亲同孩子们从来没有讨论过宗教。

父亲朝后靠到椅背上。"信仰是一个习惯。"

"它会发展成习惯，但是不会以习惯开始。你的信仰是怎么开始的？"问题变得更加刁钻了。母亲曾经提过一次，父亲小时候没有信仰，是上大学后信的教。但是信教的过程是怎么发生的，母亲没有说过。而父亲本人根本就没有提过半路信教的事情。

父亲又朝后靠了靠，双手紧紧抓住扶手的两端。"我……我一直希望……"他的目光重又陷入无物。他接着缓缓地摇了摇头，"这种事情你们必须亲身经历。如果不亲身……"

"说说吧。母亲曾经提到过一次，说你是上大学的时候半路信的教。这应当是你人生中最重要的一个事件。怎么能向你的孩子隐瞒呢？你不想让我们了解你吗？你没有发现，我们和你的距离是那么遥远吗？你以为姐姐和哥哥只是因为工作才去的旧金山和日内瓦？你还要等多长时间才能和我们谈谈？"他激动了。"孩子对父亲希望的不是矜持、沉默、距离，不是为吵完就忘的政治分歧争执一番，这个你不明白吗？你已经八十二岁了，有一天你会去世，我从你这儿得到的全部东西就是那张写字台。我从小就喜欢那张桌子，哥哥和姐姐小时候就对我说过，那张桌子将来一定是我的。是的，有的时候我会发现，我坐的姿势和你一模一样，就像你现在坐的这样，因为我不想和我对面的人有什么关系，就像你现在不想和我有什么关系一样。"他恨不得说完这话立刻站起身，转身走开。

儿时的一个场景浮现在他的脑海中。那时他大概十岁，他想把一只小黑猫带回家，因为哥哥的一个小伙伴想把这只猫连同一窝的小猫全部扔到河里淹死。他照料这只小猫，调教它爱干净，给它喂食，同它玩耍，喜爱它。父亲虽然不喜欢猫，不过容忍了它的存在。但是一天晚上，一家人正在吃饭，猫跳到了钢琴上，父亲站起身，手臂一挥，把猫从琴上扫了下去，仿佛猫不是猫，而是钢琴上的灰尘。当时他觉得父亲仿佛是把他给扫了下去。他感到了伤害，绝望之中，站起身，抱起猫，冲出房子。但是他又能到哪儿去？在外面挨了三个小时的冻，他回到了家中。父亲一声不吭，给他打开房门。这个时候和父亲顶着干，结果肯定和刚才被扫下去一样糟糕。过了几个星期，他因为猫得了哮喘，于是猫被送人了。

父亲盯着他。"我想,你们是了解我的。半路信教,我和那个目睹闪电击中身旁大树的马丁·路德不一样。你不必想象我向你隐瞒了什么极富戏剧性的东西。"他说完看了一下表。"我要休息一会儿。我们什么时候走?"

八

　　他知道，在喜欢巴赫这一点上，父子俩是有共识的，但是他一直喜欢的是巴赫的世俗音乐。他喜欢的巴赫是《哥德堡变奏曲》的巴赫，组曲或帕蒂塔的巴赫，《音乐的奉献》的巴赫和协奏曲的巴赫。小时候，他和父母听过巴赫的《马太受难曲》和《圣诞清唱剧》，当时很感无聊，因此得出结论，巴赫的宗教音乐不适合他。如果不是和这次带父亲旅行的日程相吻合的话，他是不会想到去听圣歌的。

　　但是到了教堂，随着音乐响起，他被打动了。他听不懂歌词，但是也不看节目单，因为不想为了阅读歌词而分神。他要细细品味音乐的甜美。他以前从来没有觉得巴赫的音乐是甜美的，也不认为别人会有这种感觉。但是这一次，他感受到了甜美，而且这种甜美时而痛苦，时而灵动，在合唱部分则是深深的宽容。他想到了在问父亲为什么喜欢巴赫时父亲的回答。

　　中场休息，他们来到教堂前，看着夏日星期天下午的尘嚣。

292

游客们或在广场上闲逛，或在咖啡馆和餐馆围桌而坐，孩子们围着喷泉嬉戏，空气中弥漫着鼎沸的嘈杂声和烤香肠的香味。还有什么比教堂内和教堂外的世界更格格不入的吗？但是他并没有因此而迷茫。对这种对立，他早已能宽容应对了。

他们再一次陷入无语的状态，中场休息没有交谈，回旅店的途中仍然没有交谈。但是在晚餐时，父亲的话多了起来，评论巴赫的圣歌，谈论圣歌在婚礼和葬礼上的效果，有乐队伴奏和十九世纪后没有乐队伴奏的演出，在圣托马斯合唱团保留曲目中的位置。饭后，父亲建议到海滩散步。他们伴着暮色出去，回来时，已是夜色沉沉。

"不知道，"他说，"我不知道你是谁。"

父亲轻声笑了。"或者说你不喜欢这样。"到了旅店，他问："明天我们什么时候出发？"

"我明天晚上还要赶回家，想八点出发。七点半吃早饭，怎么样？"

"好的。晚安。"

他再一次坐到阳台上。结束了。在回去的路上，他还可以继续问父亲，问他的大学生活和职业生活。但是为什么一定要问？想知道的，反正是没法知道了。

他没有了继续问父亲的兴致。经历了那么多的沉默，回家再沉默一路已经没有什么可怕的了。

九

　　回家的路上，并没有完全沉默一路。有时高速公路上会出现一块指示牌，上面的风景名胜勾起了父亲的一段回忆，或让他想起了一段训诫。有时交通台会自动切进来，报告路况，艰难蠕动的交通、高速公路上的一匹马。父亲听后断定，他们的道路没有受到影响。或者父亲发现他经过加油站放慢了速度，于是问他是不是要加油。他回答说，他在考虑是应当在这个还是在下一个加油站加油。或者他问父亲，要不要喝咖啡、吃午饭，或者把椅背调低一点，睡一会儿。

　　他对父亲周到、客气、礼貌。他表现出的姿态，仿佛他对父亲心存感激。但是他对父亲心中没有感激，父亲冷淡、遥远。他在考虑明天的报纸会有什么消息在等着他，他考虑通栏的标题、头版的照片，考虑下周应当交稿的那篇改革赡养权的长文。父亲会不会用他的回忆、训诫、断言或提问来试图和他交谈？不，他不会，他依然沉默，依旧寡言。

距离父亲下车还有一个小时的路程时，他们赶上了阵雨。他不断调快雨刮器的速度，但最终还是敌不过大雨。在一座桥下，他把车开到路边，停在路肩上。周围只能听到雨水拍打汽车的声音和别的汽车驶过时轮胎发出的声音。

"我可以……"他的汽车上有 CD 机，但是以前没有 CD。如果是他一个人开车，他会在车上工作，打电话，口授。如果累了，要保持清醒，汽车上有收音机。昨天听了音乐会后，他买了一张巴赫圣歌的合唱 CD。他把它放进播放机。

音乐的甜美再次感动了他。他甚至还听出了部分歌词："你是我的，因为我抓住了你，不愿把你从我的心中放走。"以前，当他爱妻子，而且知道妻子也爱他的时候，虽然他说不出这样的话，但是他的确有这样的感受。"我们是草，是花，是落叶，风雨飘摇，不复存在。"他太熟悉这种感受了。多少次，在奔波于项目之间，在忙碌于会谈之间，这种感受不复存在。"有了你的护佑，万钧之敌也奈何我不得。"他眼下就是这种感觉，在高架公路桥的护佑下，万钧雷霆，已来的和将来的，都奈何他不得。

他想形容一下歌词给他带来的快乐，他侧眼朝父亲看去。父亲和往常一样，身体笔直，两腿交叉，双臂放在扶手上，两只手奋拉在扶手的前面，两行泪水已是潸然而下。

刚开始，他的目光无法离开老泪纵横的父亲。但是接下来，他觉得这样有些咄咄逼人，于是扭转目光，看着外面哗哗的雨水。父亲是不是也在看外面哗哗的雨水？看雨水，看道路，看下桥后在积水中行驶、被雨水扑打、水花四溅的汽车？或者一切都消失在了父亲蒙眬泪眼之中？消失的不仅有雨水、道路和汽车，而且还有一切在时空上乱了阵脚的东西？他是不是因为孩子们的变化、迷惘和追求而伤透了心，再也不想看到他们了呢？"可惜呀，他们将来会长大。"这是父亲在母亲七十岁生日那一天，第一次见到两岁的双胞胎外孙时，对女儿说的话。

　　他们待在桥下，一直等到雨停，一直等到音乐放完。父亲用手帕擦去眼泪，再将手帕折叠整齐。他朝儿子笑了笑。"我想我们可以走了。"

南方之旅

一

　　从那一天起，她不再爱她的孩子。那一天，和其他日子没什么两样。第二天早晨，她问自己，是什么引发了她不再爱孩子，她没有找到答案。是不是背痛给她造成了极大的痛苦？是不是连简单的家务活儿都做不来特别伤了她的自尊心？是不是和家人的争吵特别伤了她的心？肯定都是些小事情。她的生活已经不可能发生大的事情了。

　　但不管原因是什么，爱已经不存在了。她拿起电话，想给女儿打电话，和她商量生日的事，客人、地点、吃饭，但是她又放下了电话。她不想和女儿商量了。她不想和任何一个孩子商量了。她不想再看见孩子们了，生日前、生日那一天、生日后，她都不想再看见他们了。但是过了一会儿，她又坐在了电话机旁，等待着，等待打电话的兴致会重新出现。但是它没有出现。晚上，电话铃响了，她接电话，是孩子们因为担心而给门卫打电话，把门卫差遣过来了。她随口撒了个谎，说自己有客人，说话不方便。

其实孩子们没有什么可指责的。她和他们相处得很好。养老院的老太太们都说，孩子们对她很好。孩子们个个有教养、有出息：一个儿子是大法官，另一个儿子是博物馆馆长，一个女儿嫁的是大学教授，另一个女儿嫁的是乐队指挥！他们照顾她多体贴入微！他们来看她，而且注意每人每次间隔不会太长，他们会住上一两天，有的时候会把她接回去住两三天。每次给她过生日，孩子们都会带上全家。他们帮她办税务申报、办保险、办补贴，陪她去看医生，陪她去买眼镜和助听器。孩子们都已有了自己的家庭、自己的职业、自己的生活，但是他们愿意让母亲分享他们的一切。

就这样，她带着几分郁闷上了床。如同胃部不适，上床前吃罗内，或者得了轻感冒，上床前吃阿司匹林，为的是第二天早晨起床，感觉自己没病，她没有专治情感郁闷的药，只能沏一杯茶，菊花和薄荷混合而成，怀着一种信念，第二天早晨一切会恢复正常。但是到了第二天早晨，要和孩子们见面、给孩子们打电话的念头依旧和昨天晚上一样陌生。

二

她散步，和每天早晨一样，路过学校、邮局、药房、水果店，穿过居民小区，进入森林，沿着山坡往上，一直到比勒农庄，然后返回。在这段路上，平原的景色不断展现在她眼前。她喜欢这种景致。它平坦，一小时内就可以征服。医生对她说过，她每天至少要走一小时路。

下了几天的雨终于在昨天夜里停了。天空湛蓝，空气清新，看来今天的温度会升高。她聆听着森林的声响：划过树木的风声，啄木鸟和布谷鸟的叫声，树枝的断裂声和树叶的沙沙声。她期待鹿和兔子的出现。这两种动物在这一带数量众多，而且不怕人。她太喜欢品嗅森林的气息了。森林最好闻的时候莫过于雨水的湿气夹杂着阳光的暖气。但是她已经有好几年闻不到味道了。她的嗅觉有一天莫名其妙消失了，就像她对孩子们的爱。是病毒，医生对她说过。

随着嗅觉的丧失，味觉也一并丧失了。不过她一向不怎么在乎吃，因此吃不出东西的味道，没有什么。糟糕的是，她再也闻不出大自然的味道，闻不出森林，盛开的果树，阳台上和花瓶里的鲜花，雨珠刚刚落下时街道上温暖干燥的尘土味。

此外，她还觉得没有嗅觉是一种耻辱。人有嗅觉，是理所当然、自然而然的，就像人能看、听、走、阅读、写字、计算一样。她以前一切正常，突然就不正常了，不是因为发生了什么外在的事情，而是因为自己的装备失灵了。此外还有一层害怕，害怕自己发臭。她记得有一次到养老院看母亲。在议论养老院其他老人身上的味道时，母亲对她说过："他们没法儿闻。"她现在是不是也发臭了？她爱干净到了成癖的地步，香水用是孙女们喜欢的香型。"奶奶，你真好闻！"但是谁又知道呢？香水擦得太多了，身上的味道也会变怪的。

除了她的医生，没人知道她丧失了嗅觉和味觉。孩子们带她出去游玩，她对饭菜赞不绝口，孩子们送她鲜花，她装着闻花香。她让孩子们看阳台上的花时，会对他们说："快来闻，它们太好闻了！"

失去对孩子们的爱也是如此。和人能看、听、走、阅读、写字、计算一样，爱自己的孩子、爱自己的孙子和孙女，也是理所当然、自然而然的。像昨天那样，拒绝给孩子们打电话，不行，这样的事情再也不允许发生。过生日，要想往常一样，正常进行；

看孩子，也要像往常一样，正常进行。又有一件往事回忆起来了。那时她还是一个小姑娘，母亲嫁给了一个鳏夫，他有两个孩子，而且小舅子、小姨子、岳父和岳母很难处、很挑剔，但是母亲必须照顾他们。她曾经问过母亲，是不是爱父亲前妻的这些亲戚。

母亲微笑着回答："是的，我的宝贝。"

"但是……"

"爱不是感情，而是意愿。"

她几年几十年都做到了，但是现在做不到了。如果真的有意愿，可以变义务为好感，变责任为爱。但是她对儿子女儿们已经没有责任了，对孙子孙女们已经没有义务了。已经没有东西可以因她的意愿而转化成爱了。不过尽管如此，她也没有理由让有出息有教养的孩子们受到伤害，让养老院的老太太们不知道是怎么回事。

散步时，她的脚步轻飘飘的。对孩子们的爱消失了以后，这种空荡荡的感觉既让她感到吃惊，也让她感到如释重负。轻飘飘的，就像发高烧时或斋戒了很长时间后的那种感觉。这种状态虽然一定要消除，但是它也能带来快感。到了比勒农庄，她坐在凳子上，感觉自己沉重、疲惫，感觉自己重新回到了地球上。

要不要在比勒农庄给自己过生日？还和丈夫生活在一起的时候，她和丈夫有时会开车到这儿来散步，或喝一杯咖啡。他们要利用这个时间，他，暂时摆脱了工作，她，暂时摆脱了孩子，一块儿谈一些平常没有地方谈的事情。直到有一天，他带她到这里来，向她忏悔，他和女助手睡觉已经有两年了。

自那以后，这里改建了，扩建了，漂亮了许多。当时还挺寒酸，现在看上去壮观了许多。里面也变了样，她已经回忆不起原先那个小房间，就是丈夫坐在她的对面，吞吞吐吐，恳求她同情他那颗大得能容下两个女人的心的小房间。那段回忆令她痛心了很长时间，现在她已经不痛心了。即便到现在，她也没有产生一丝一毫当年她的丈夫乞求了很久的同情，不过对这个人，这个在生活中一贯轻浮，却口口声声说自己心情沉重、思想在斗争、在挣扎的人，她的内心倒是有一种忧伤的冷漠感。那次忏悔后，她原本可以将以后的婚姻岁月就此勾销。但是他执意要留在她的身边，一直留到最后一个孩子毕业。在最后一年，他真的了断了和那个女助手的外遇。但是还没等妻子对他的割舍做出积极的评价，他又开始了和另外一个女助手的外遇。

她站起身，下山回家。是的，生活还要继续下去，全当什么都没有发生。她多么盼望能结束为别人而活的生活，开始真正过上为自己而活的生活！但是，一方面她已经太老了，另一方面，她不知道什么才是她自己的生活。做自己喜欢做的？她唯一学会的喜欢做的事情是履行义务，满足于责任给她带来的爱。再就是大自然了，但是她已经闻不出它的气息了。

三

生日的这天早晨，她精心装扮了一番。淡紫色的针织披肩，白色上衣饰有白色花边和蝴蝶结，淡紫色的鞋子。以前都是她去美发店，这次美发师亲自登门，将她花白的头发烫成了波浪形。"我要是一位老先生，一定会向您大献殷勤。如果我是您的孙女，我会自豪地把您展示给我所有的女友。"

一大家子全齐了。儿女四个，婿媳四个，孙子辈十三个。在去比勒农庄的路上，儿子和女婿走在一起，女儿和媳妇走在一起。孙子辈大一点的谈论高中毕业考试和大学生活，小一些的谈论流行音乐和电脑游戏。她会跟着每个小组走一会儿，大家开始会友好地和她打招呼，然后友好地对她视而不见，回到被她打断的话题，把交谈进行下去。不过她并不在意。以前，家人能超越婚姻，超越家庭，相互理解，融洽相处，那是何等的幸福。如今，她对他们交谈的东西感到不可思议。流行音乐和电脑游戏？学哪个专业将来挣钱多？要不要试一下保妥适？怎么弄到便宜价格去塞舌尔群岛?

开胃酒端上了露台，饭菜摆放在旁边房间的一张长条桌上。第一道程序是喝汤。之后是长子致辞。回忆童年时光，对母亲在孩子们搬出去后积极参与社区活动所取得的成就表示钦佩，对她已经给予和正在给予儿孙们的爱表示感谢。内容有些干巴巴，但都是好意，语气也热情。她看着眼前的儿子，觉得他如同在主持一次会议，或正在给人做咨询。她的丈夫、婚姻和离婚在致辞中没有出现。她想到了俄罗斯革命时期的摄影师，他们在斯大林的授意下，修改照片，挖掉了托洛茨基，仿佛这个人从来就没有存在过。

"你们是不是以为，如果提到你们的父亲，我会无法忍受?你们以为我不知道，你们和他、还有他的妻子见面?你们和他们一道给他过八十岁生日?照片报纸上都登了!"

"他搬走后，你再也没有提过他。我们以为……"

"你们以为?你们为什么不问?"她用审视的目光逐一看过每个孩子。孩子们回视的目光有些不知所措。"你们不问，而是以为。你们以为，如果我不提他，就意味着如果你们提他，我会无法忍受。你们是不是以为，我会崩溃?我会大哭、大闹、尖叫?我会不允许你们去看他?我会让你们在他和我之间做出选择?"她摇头。

306

说话的又是最小的女儿。"我们害怕，你会……"

"害怕？你们害怕我？难道说我有那么强大，竟让你们害怕，我有那么弱小，竟无法忍受你们提你们的父亲？实在是荒唐!"她觉察到了，自己的声音在变高，在变尖。现在就连孙子孙女们的眼神也不知所措了。

大儿子插话了："谈事时间要恰当。我们每个人都和父亲生活过，每个人都希望能平心静气地和你好好谈谈父亲。但是现在不行，我们不能让服务员端着下一道菜等我们这么长时间。这样他们的程序就乱了。"

"服务员的程序……"她看到了小女儿脸上恳求的表情，话收住不说了。要她对色拉、酸菜炖肉和巧克力慕斯不发表评论并不困难。大家七嘴八舌。她要费很大劲才能听出旁边的人或对面的人在对她说什么。人多说话时，她总是这样。她的医生告诉过她一个名词：聚会听力障碍。还告诉她，这个毛病无药可治。她已经习惯了，友好地看着对面的人，不时会意地微笑一下或点点头，而脑子里考虑的却是其他东西。大多数情况下，对面的人觉察不了。

咖啡上来前，夏洛特站起身，她是孙子辈中最小的。她用勺子敲击杯子，示意大家安静。大伯刚才为他的母亲致辞，她现在要为她的奶奶致辞。在场所有的孙子孙女都是和奶奶学的读书。

不是认字的读书，认字的读书可以在学校学到，是看书的读书。每次放假到奶奶那儿，奶奶都会给他们朗读书。她从来不在假期结束前把书朗读完，每一本书都扣人心弦，引得他们恨不得自己把书读完。每次开学后不久，奶奶都会寄来一个包裹，里面是同一个作家的另外一本书，他们当然一定得读完。"多好呀，我们对爷爷和安妮说过，要继续这样做下去。谢谢你，奶奶，你让我们养成了读书的习惯，给我们带来了读书的乐趣。"

全家人一起鼓掌。夏洛特端着酒杯绕过桌子。"祝你长命百岁，奶奶！"她和奶奶碰杯，又亲了她一下。

在夏洛特走回座位时，有片刻的安静。趁着大家还没有接着往下交谈，她问："安妮是谁？"她明知安妮肯定是前夫的第二个妻子，而且明知这个问题肯定会让大家尴尬，但她还是问了。

"安娜是父亲的妻子。孩子们习惯称她安妮。"老大实事求是地说，语气也很淡然。

"父亲的妻子？你指的不是我？指的是父亲的第二个妻子？或者说还有第三个？"她知道，她让人难受了。她不想这样，但是控制不住。

"是的，安娜是父亲的第二个妻子。"

"安妮——"她有意拖长"妮"，以示讥讽，"安妮，我也许真的要感谢你们没有叫她葛兰妮，没有把她变成你们的第二个奶奶。或者说，你们会不会有时也叫她葛兰妮?"见没人回答，她又追问道:"夏洛特，是的吗? 你有时也叫她葛兰妮?"

"不，奶奶，我们对安妮只叫安妮。"

"那个你们没有叫她葛兰妮的安妮，她人好吗?"

小女儿插嘴了:"结束，我们不要再说了，好吗?"

"我们? 不行，我们还没有开始，因此也就谈不上结束。是我开始的，"她站起身，"因此该由我结束。我要躺一会儿。两小时后，你们开车接我去喝茶?"

四

　　她拒绝了陪她进屋的好意，独自离开了座位。他们的好意怎么办？她顾不上了，她站起身，走了。她也很想继续坐下去。她是不是让孩子们手足无措了？是不是会让法官儿子提高嗓门，捶胸顿足？是不是会让博物馆馆长儿子把餐具扔到地上或砸到墙上？是不是会让女儿们不再用乞求的眼神，而是用充满仇恨的眼神看着她？

　　大孙子接她的时候，她不想再刺激他们，不想再让他们手足无措。坐车的路程不长，费迪南特在路上告诉她几周后要考试。她以前一直认为他是一个稳健的孩子，现在她得承认，他实际上是一个很不干脆的人。她累了。

　　生日后的第二天，她病了。不流鼻涕，不咳嗽，胃不疼，消化也没问题，就是发高烧，退烧药和抗生素都不管用。"是病毒，"医生耸了一下肩说。医生还是给大儿子打了电话。大儿子派自己的二女儿艾米丽来，让她照顾奶奶。艾米丽十八岁，正在等大学医科专业的录取。

艾米丽给奶奶换床单，用药酒给奶奶搓背擦手臂，给小腿做冷敷。早晨，她带去鲜榨的橙汁，中午做现磨的苹果汁，晚上有打入蛋黄的红葡萄酒，薄荷茶和甘菊茶更是时时不断。她一天给房间通风好几次，坚持要求奶奶每天在房间和走廊来回走动几次。她还每天给浴缸放满水，抱起奶奶，把她放进浴缸。艾米丽很有劲儿。

过了五天，体温开始降了。她不想死，但是她病得太虚弱了，因此是死是活，是健康还是生病，她已经全然无所谓了。也许她喜欢生病胜过健康。因为她喜欢发烧时那种晕头晕脑的感觉，她伴着这种感觉醒来，又伴着这种感觉入睡，它让她不管看什么听什么都是晕晕的。更厉害的是，这种感觉能把窗前摇曳的树木变成舞动的神仙，把乌鸫的歌声变成魔法师的咒语。此外，她还喜欢洗浴的热水和清凉的药酒给皮肤带来的强烈刺激。她甚至连发烧开始两天出现过几次的寒颤也喜欢，因为它令她向往温暖，不用去考虑或感觉其他的东西。啊，要是暖和了该有多好！

她重又回到了年轻的时候。发烧期间在脑海浮现的画面和梦境都是小时候的画面和梦境。仙女和魔法师带来的是她小时候喜爱的童话片段：白雪公主和红玫瑰，小弟弟和小姐姐，千种皮，灰姑娘，睡美人。当风刮进敞开的窗户，她想起了公主，她在呼唤风：吹吧，风儿，吹走柯德金的帽子！再往下便记不住了。她年轻的时候，雪滑得很好。在一个梦境中，她顺着一个白色的山坡往下滑，最后腾空而起，飘过了森林、峡谷和村庄。在另一个梦境中，她应当和某一个人会面，和谁、在什么地方，她都不知道，只记得那天夜晚满月当空，就在他们应当相互认出的那一瞬间，有歌声响起。醒来后，她觉得这个梦境似曾相识，应当是在她初恋的时候。她想起了一支通俗老歌的头几个节拍。曲调在她心中萦绕了整整一天。有一次她梦见自己在一场舞会上和一个只有一只手臂的男人跳舞，那人引领着她，虽然只有一只手臂，但依然是那样的沉稳而又轻盈，她甚至都不用自己迈动双腿。他们想一直跳，一直跳到第二天清晨，但是梦境中的清晨还没有泛出蒙蒙的亮光，真实的清晨已是东方破晓了。

艾米丽经常坐在床边，握着她的手。把手放在一个富有青春活力的少女手中，感觉既有几分踏实，也有几分轻松。自己的手能这样被握着，身体能得到照料和护理，可以放心地生病，什么也不必说，什么也不必做，感激的泪水涌了上来。她一旦哭起来，泪水就止不住了。感激的泪水变成了伤心的泪水，为生活未能心想事成伤心。感激的泪水变成了孤独的泪水，有了艾米丽的托扶，她感到温馨，但同时她也感到孤独，仿佛身边没有人，只有孑然一身的她。

等到情况好了一些，孩子们陆陆续续来看望她的时候，她的心情依然如此。孩子们在身边，宛如不在身边，她依然感到孤独。这意味着我对他们的爱已经终结了，她心想。和一个人在一起感到孤独，就等于这个人不在身边。

艾米丽留下来没有走，开始陪奶奶做一些短途散步，后来距离变长了一些，陪她到养老院的餐厅吃午餐，晚上陪她看电视，始终不离她的左右。

"你不用上学？不用挣钱？"

"我有一份零工，但是你的孩子们一致决定，我应当放弃这份零工，过来照料你，他们按照那份零工的报酬付我钱。那份工不怎么样，我不惋惜。"

"你在我这儿的付薪护理还有多长时间？"

艾米丽笑了。"直到你的孩子们认为，你已经好了。"

"但是如果在他们认为之前，我觉得自己已经好了呢？"

"我想，我待在这儿，你会高兴的。"

"我不喜欢别人比我还知道我身体怎么样，知道我需要什么。"

艾米丽点点头。"这个我能理解。"

能不能把艾米丽气走？这样孩子们会认为这是她还在生病的表现，就像生日那天，他们把她的表现解释成是疾病的前兆。能不能给钱给艾米丽，让她让孩子们相信，她已经恢复健康了？

"不行，"艾米丽笑了，"我怎么向爸爸妈妈交代我突然有钱了？如果我不告诉他们，不这么去做，就等于我没拿这个钱，我就必须工作。"

到了晚上，她又试了一次。"就当我送你的，不行吗？"

"你送我们东西从不单独送，总是一视同仁。我们小的时候，你如果在未来的两三年内不会和我们一起出去旅行，那么之前你是不会带我们当中的任何一个人单独出去的。"

"有点夸张。"

"爸爸总是说，没有你，他当不了法官。"

"尽管如此，还是有点夸张。你可以和我旅行吗？就一次，让我恢复得好一些？"

艾米丽有些怀疑地看着奶奶。"你的意思是做一次疗养?"

"我想出去走走。这里的房子感觉像监狱,你就像狱警。对不起,不过的确如此,即便你是一个圣人,我依然会有这种感觉。"她笑了。"不,我肯定会有这种感觉。没有你,我支撑不到现在。"

"你想去哪儿?"

"南方。"

"但是我总不能对爸爸妈妈说,我要和你到南方去。我们要有目标、路线和站点。必须让他们知道,如果我们没有消息,给什么地方的警察打电话,在什么地方找我们。你想怎么旅行? 开车? 爸爸妈妈肯定不会同意的。如果我开,可能会同意,但是你开,肯定不行。你还没生病的时候,爸爸妈妈就已经考虑过,给警察打电话,让他们叫你去,考你的驾驶,让你考试不及格,然后你就不允许上路了。现在,更不要说你生病了……"

孙女的话令她吃惊。这么富有活力的少女竟然这么胆小怕事,竟然这么听父母的。要告诉什么目标? 什么路线? 什么站点?"如果早晨告诉他们我们晚上在什么地方,这不够吗? 如果我们明天早晨告诉他们,我们明天晚上在苏黎世,这样不可以吗?"

她不要到苏黎世,她也不要到南方。她要去她四十年代上大学的那座城市。是的,那座城市在南方,但它不是南方。那里春秋雨下得多，那里冬天雪落得多。只有夏天美得令人陶醉。

她内心向往的就是那座城市。大学毕业后，她再也没有去过那里。因为没有顺便的机会？因为有些害怕？因为不想消除最后一个夏天的回忆给她带来的诱惑？那个夏天，那个只有一只手臂的大学生，那个当年在医学系的舞会上、现在在她的发烧梦境中和她翩翩共舞的大学生？他穿一件深色外套，左袖插在左边的口袋里，用右手臂引领着她，舞步沉稳而又轻盈，他是那天晚上和她跳过舞的所有男人中最棒的舞者。此外，他谈吐大方，说起十五岁时被炸弹炸掉了左手臂，犹如在讲一个趣闻，说起他研究的哲学家，仿佛他们是他怪僻的好友。

她再也没有去过那里，或者是因为她不想勾起对痛苦分别的回忆？舞会结束后，他送她回家，在门口吻了她。在第二天，在接下来的几天，他们天天见面，直到有一天，他突然要动身去外地。那是九月。大部分学生都离开了那座城市。她为了他没有回家，对在家中盼着她的父母撒谎，说自己有一个实习。她送他到火车站。他向她保证，给她写信，给她打电话，尽快回来。但是从那以后，他就音讯全无了。

艾米丽在阳台给父母打电话。之后她告诉奶奶，爸爸妈妈同意了，但是希望她们每天早晨、中午和晚上给他们打电话。"我可是要承担责任的，奶奶。希望你不会过分为难我。"

"你的意思是希望我不要到处乱跑？不要酗酒？不要和陌生男人交往？"

"你明白我是什么意思，奶奶。"

不，我不明白。但是她没说出口。

六

　　第二天早晨，艾米丽不再那么看重责任的压力，已经在为旅行高兴了。奶奶当年生活在那座城市的时候，和她现在的年龄一样。能到那座城市去，她觉得新鲜好奇。一路上，她提了不少问题，她什么都想知道：城市，大学，学生组织，大学生活，他们的起居，伙食，娱乐，他们当年在战后是想挣钱还是图享乐，她是不是经常和男同学调情，她用什么方法避孕。

　　"你是在大学的时候认识爷爷的吗?"

　　"我们小时候就认识了。我的父母和他的父母是朋友。"

　　"不够刺激。我喜欢刺激。我现在想和菲利克斯分手，不想把中学恋情带到大学去。新的阶段应当有新的开始。菲利克斯还可以。但是仅仅还可以对我是不够的。我看过一些书，上面讲，父母安排子女的婚姻，不是不可以。不过对我不行。我……"

　　"不是那么回事。我们的父母没有安排我们的婚姻，他们是朋友。我们小时候见过几面。仅此而已。"

"我说不清楚。父母会给孩子一些暗示，而孩子对此完全没有意识，父母自己也不一定有意识。父母总是想，在家庭、地位和财产等方面，孩子们门当户对，如果他们能结合在一起，那是再好不过了。他们总是这么想。每次看到孩子们在一起，他们都会这么想。他们会不经意地议论一番，做些暗示、鼓励，结果就像倒钩，牢牢地扎下了根。"

两人就这样你来我往地交谈。艾米丽看过一些书，上面说，在五十年代，姑娘们甚至以为吻一下就会怀孕；男人如果发现妻子不是处女，会在婚礼的当天就提出离婚；那个时候女孩子们都喜欢体育，因为她们可以找借口说处女膜是在体育活动中弄破的；少妇们为了不怀孕，在性交过后用醋洗阴道，为了流产，用钩针捅子宫。"很高兴，现在的情况大不一样了。你们那个时候以处女之身进入新婚之夜，不害怕吗？爷爷是不是你唯一睡过的男人？你不觉得自己耽误了什么吗？"

孙女说话的时候，她看着她，看着她美丽、光滑的脸，快乐的眼睛，有力的下巴，一张一合喋喋不休说着一个又一个蠢话的嘴。她不知道，是该笑她还是该骂她。这一代人都是这样吗？是不是这一代人都孤立地生活在现在，只能以扭曲或支离破碎的眼光看过去的时光？她试着讲了战争和战后年代的事，讲了少女、女人在那个时候的梦想，讲了她们那个时候遇见的小伙子、男人，讲了两性之间的交往。但是她讲的东西连她自己都觉得苍白无力、淡而无味。于是，她改讲自己。她很气那次舞会后的亲吻。她本不该讲那个独臂大学生的故事，但是话已出口了。

"他叫什么?"

"阿达尔贝特。"

再往下，艾米丽不再打断奶奶，而是聚精会神地听。当讲到火车站告别时，她握住了奶奶的手。她已经料到了，这段往事不会有好的结局。

"你的爸爸妈妈看见你手不扶方向盘，会怎么说?"她从艾米丽的手中抽出手。

"你后来再也没有他的消息?"

"过了几个星期他出现在汉堡。但是我没有和他说话。我不想见他。"

"他后来是干什么的，你知道吗?"

"我有一次在书店看到一本他写的书。不过不知道他是当上了教授还是记者，或者其他什么。那本书我没有看。"

"他姓什么?"

"这和你没关系。"

"不要这样嘛，奶奶。我只是想查查，看看这个爱我的奶奶、我的奶奶也爱他的男人写了什么。我敢肯定，他当时和你爱他一样爱你。你听说过这么一句话吗，如果爱不能永远，那么眼下有爱总比没有爱好？这话很有道理。听了你刚才讲的，你的往事不全是苦涩的，它也充满了甜蜜。又苦又甜，苦中有甜。"

奶奶停顿片刻。"鲍尔森。"

"阿达尔贝特·鲍尔森。"艾米丽记住了这个名字。

她们下了高速公路，沿着弯曲河流旁的一条小道一路往前开。他们当年沿着这条河散过步吗？在没有小路没有大路的对岸散过步吗？他们在有摆渡码头的客栈休息过吗？她不能肯定，是不是还能认出那个客栈、城堡，还有那个村庄。也许一切都已经变了，唯有河流、森林、山脉和老房子组成的大环境没有变。他们当年很喜欢背着装有面包和葡萄酒的背包，在这里漫步，在河里游泳，很想躺下享受阳光。

她们很快就要到了。现在没有必要睡觉。但她还是睡着了。当她醒来时，艾米丽正在旅馆门前停车。这个旅馆是她在网上找到的。

七

　　她期待的一切是什么样的？房子已经不再是清一色的灰色，而是白色、黄色、赭石色，甚至还有绿色和蓝色。商店变成了大型连锁店的分店。记忆中的客栈、小酒馆、小餐馆，如今变成了快餐店。就连她原来最喜欢的书店，如今也成了连锁店，只卖畅销书和杂志了。不变的是，河水依旧沿着原来的河道穿流城市，小巷依旧狭窄，通往古堡的山路依旧陡峭。她和艾米丽坐在露台上，俯瞰着城市和田野。

　　"怎么样，和你想象的一样？"

　　"我说孩子，你就让我坐一会儿，看一会儿吧。好在我没有怎么想象。"

　　她累了。她们在露台上吃完晚餐。回到房间，时间才八点，她上床了。艾米丽请奶奶同意她出去在城里逛一会儿。奶奶既惊讶又感动。艾米丽这么不独立？

　　她虽然很累，但是睡不着。外面还很亮，她能辨认出房间里的一切：三门橱，靠墙有一张台面装有镜子的桌子，可以根据需要改成写字台或梳妆台，书架旁边有两张小沙发，书架上有一瓶水、一个杯子和一个果篮，电视机，浴室门。这个房间使她想起了当年陪丈夫参加会议时睡过的房间。这是一个不错的旅馆，在一个小地方可能算是最好的了，但是房间过于功能化，毫无性格可言。

她想到了当年和阿达尔贝特共度第一个夜晚的房间。里面有一张床、一把椅子、一张桌子，桌子上有一个浇花壶、一个水盘，桌子上方挂有一面镜子，门上有一个挂钩。也很功能化，但同时也富有神秘感和魔幻感。那次在酒店，她和阿达尔贝特面对老板娘严厉的目光，要了两个单人间。晚餐后他们来到了她的房间，虽然当时并没有讲好，但是她知道，他一定会来。她早晨就已经知道了，所以在箱子里放进了她最漂亮的睡衣。这天晚上，她穿上了这件睡衣。

如果有阿达尔贝特在一起，这个房间是不是就会有性格了？如果他们在一起，她会经常和他旅行吗？会和他经常在酒店过夜吗？和他在一起的生活会怎么样？是不是也是一个有很多责任需要承担、经常旅行、很少在家、在外面有染的男人？她无法想象和阿达尔贝特在一起的生活会是这样，但也无法想象会是其他什么样。想到和阿达尔贝特在一起生活一生，她有些害怕，这是一种奇特的没有底的感觉。是不是因为他抛弃了她？

她关上窗户，外面的嘈杂声压抑了许多：年轻女人明快的笑声，年轻男人爽朗的说话声，在行人中缓缓穿行的汽车声，某一个敞开的窗户传出来的音乐声，玻璃瓶摔碎的丁零当啷的声音。是喝醉的人扔掉了酒瓶？虽然她每次都能坚定地呵斥喝醉的人，她不能容忍酗酒，但她还是害怕喝醉的人。让别人害怕自己并不能让自己不害怕别人，这实际上挺奇怪的。

她躺在床上，越思索，头脑就越清醒。艾米丽将来想干什么？想当一个什么样的医生？果断的，还是优柔寡断的？她为什么问这个？她不是还在爱着自己的孙女吗？那么对其他的儿孙呢？规定的每天中午和晚上的电话她交给艾米丽办了。艾米丽的父母要在电话里和她说话，她总是摆摆手表示不用。她不想让家庭扰了自己的清静，这个原则始终没有变。最好连艾米丽都不要来扰了自己的清静。

她从床上起身，走进浴室。她脱掉睡衣，在镜子里打量自己。瘦骨嶙峋的胳膊和腿，耷拉的乳房和松弛的肚皮，沉重的腰，脸上和脖子上的皱纹——不，她自己都不喜欢自己。不喜欢自己的样子，不喜欢自己的感觉，不喜欢自己的生活方式。她重新穿上睡衣，躺到床上，打开电视。他们的爱是多么的自然而然，男人和女人的爱，父母和孩子的爱！或者说一切都是在演戏，这个人装给那个人看，那个人给这个人制造幻想？难道说她连看电视剧的快乐也消失了吗？或者说一切都不值得她投入情感，因为在她余下的人生中，她已经不需要幻想了？

她其实连旅行也都不需要了。旅行只是一种幻想，比爱还要短暂。她很想明天就回家。

八

但是第二天早晨九点，她敲艾米丽的门，没有人回答。她到露台上吃早餐，也不见她的人影。她到服务台，得知这位年轻的女士半个小时前出门了。

"她留下消息了吗？"

没有，没有留下消息。但是过了一会儿，服务台那位热情的姑娘走到她的餐桌旁，告诉她，那位年轻的女士打电话来了，请她传话，她中午十二点过来，接奶奶吃午餐。

这样呆坐在这儿不是个事儿。她打算的是十点动身，十一点上高速，下午四点就可以到家了。但是没有办法，只有等待。阳光照射在院子里，落在早餐露台上。服务员没来打扰她，没有让她到餐台取餐，而是给她端来她要的东西。奶酪西红柿，鲜奶油辣根熏鳟鱼片，酸奶蜂蜜水果色拉。虽然味觉丧失了，但是不同食物嚼和咬的感觉还是不一样的。她心想，就像对儿孙们的爱消失了以后，儿孙每个给人的感觉还是不一样的。鳟鱼的肉质柔软但是密实，辣根的口感则是绵绵的，两样配起来还是有些享受的。我对儿孙们也应当这样。艾米丽昨天晚上在城里是不是认识了一个小伙子，所以她像操心奶奶、操心父母的愿望一样，开始为那个小伙子牵肠挂肚？是的，她富有朝气，富有活力，能干，同时也胸怀宽广，她会当一个好医生的。

她一直坐到开始布置午餐。她的脸熠熠闪亮，她直接坐在强烈的阳光下，皮肤有些轻微灼痛。她站起身，走进前厅，坐在沙发上，感觉也有些晕乎乎的。她睡着了。等到醒来时，艾米丽正坐在沙发的扶手上，用手绢擦拭她的嘴角。

"我淌口水了？"

"是的，奶奶，不过没关系。我找到他了。"

"你什么……?"

"我找到阿达尔贝特·鲍尔森了。很简单，他的名字就在电话簿里。而且我还知道了，他是这里大学的哲学教授，丧妻，有一个女儿在美国。哲学系的图书管理员给我看了他写的书，整整一层。"

"我们回家。"

"你不想见他？你一定要见见他。我们就是为这件事到这儿来的。"

"不，不是的，我们……"

"也许你自己没有意识到。但是相信我，你的潜意识把你带到了这里，要让你见他，要你们和解。"

"我们应当……"

"是的，你们应当和解。你要原谅他给你造成的伤害，否则你的内心永远平静不下来，他也平静不下来。我能肯定，他盼着这一天，只是没有这个勇气，因为当年你让他在汉堡碰了钉子。"

"好了，艾米丽，收拾你的东西。我们在路上吃午餐。"

"我已经帮你和他约好了四点见面。"

"你帮我……"

"我到他那儿去了，因为我想知道他过得怎么样。既然我已经到他那儿了，我就想，何不帮你约一下。他开始有点犹豫，和你一样，但还是同意了。我想他很高兴能看到你。他在盼你过去。"

"这两件事完全不一样。我说孩子，这个做法不好。你给他打电话，取消见面，或者我直接就不去了。我不想见他。"

但是艾米丽丝毫不松口。她对奶奶说，她不会有任何损失，相反只会有收获，她难道没有感觉到，自己这么多年来一直非常痛苦。不能再这样下去了。她难道不明白，谅解和好是要去做的。这是生活所能给她的最后一次冒险，难道她一点都不好奇？艾米丽不停地说，一个劲儿地说，直到奶奶听累了。她拿这个对自己、对自己的心理学陈词滥调、对自己的心理康复使命充满信心的孩子没有一点办法，只好妥协让步。

九

　　艾米丽提议开车去，但是她坚持坐出租车去。当她下了出租车，朝那栋不起眼的六十年代的别墅走去时，她表现得很平静。他离开了她，就为了这座房子？他看来是当上了教授——但是不管怎么说，他变成了一个小市民。或者说他原本就是？

　　他打开门。她认出了眼前的这张脸：乌黑的眼睛，浓密的眉毛，茂盛的头发，不过现在已经白花花一片，尖耸的鼻子，宽大的嘴巴。他比她记忆中要高，身材修长，衣服的左袖插在衣服口袋里，外套挂在他支架一般的骨架上。他微微一笑。"妮娜！"

　　"不是我要来的。是我的孙女，她认为……"

　　"进来再说。你待会儿可以向我解释为什么不愿意来。"他走在前面，她跟在后面，穿过走廊和一间摆满书的房间，来到露台上。从这里可以看见果树、草坪和长满树木的山丘。他看到了她的惊讶。"我当年开始也不喜欢这个房子，但是看到露台就喜欢上了。"他给她挪好沙发，给她和自己各沏了一杯茶，然后坐在她的

330

对面。"你为什么不愿意来?"

她揣测不出他微笑的含意。讥讽? 尴尬? 惋惜? "我说不清楚。总觉得受不了和你再次见面。也许这种想法最终不过是一个习惯,但是我有这个习惯。"

"你的孙女是怎么想到要我们见面的?"

"唉,"她做了一个甩手的动作,"我给她讲了我们最后的那个夏天。于是她对那时的生活和爱情冒了傻念头,于是我呢,就不由自主了。"

"最后那个夏天,你都对她说了些什么?"他的微笑消失了。

"你这是什么问题? 你那时不是都在场吗? 医学系的舞会,门口的亲吻,客栈的房间。"她生气了。"火车站的站台你也在场。你上了火车,火车开走了,再也没有你的消息了。"

他点点头。"那么你空等了多长时间?"

"我记不清楚了,记不清多少天或者多少个星期了。不过有一点我很清楚,是永远,永远。"

他忧伤地看着她。"妮娜,连十天都没有,连十天都不到。我十天后回来了,从房东那儿得知,你已经搬走了。一个年轻人把你接走了,他把你的东西全部装上了车,带着你一块儿走了。"

"你撒谎!"她冲他嚷了起来。

"不,妮娜,我从不撒谎。"

"你想把我弄糊涂？想让我不相信自己的理智和记忆？想让我发疯？你怎么能说这种话！"

他身体后仰，用手抚过脸和头。"你还记得我那次是到哪儿去吗？"

"不，记不清楚了。但是我记得很清楚，你没有信，没有电话，没有……"

"我那次是去布达佩斯参加一个哲学会议。当时我既不能打电话，也不能写信给你，因为是冷战时期，不允许我待在那儿，当然也就无法从那儿跟你联系。这些我都给你解释过。"

"我还记得，你那次旅行原本也是可以不去的。但你就是那样，你眼里只有你的哲学，别的什么都不管，然后是你的同事和朋友，再然后才是我。"

"这也不是事实。妮娜，我当时疯狂地赶写博士论文，是因为我要完成学业，找份工作，然后和你结婚。你想嫁人，这很清楚，但是汉堡的那个年轻人总是先我一步。你们不是小时候就认识吗？你们的父母不是好朋友吗？他不是你父亲的助手吗？"

"全都是错的。你说的全都是错的。是的，我父亲给他的学业和实习提过建议，因为他喜欢他，但是助手，不，我丈夫从没有给我父亲当过助手。"

他用疲惫的眼光看着她。"难道你不是害怕从你的市民阶层跌落到我的贫穷阶层？因为在我这儿得不到你宠爱和需要的东西？我当时曾经站在你父母的房前——这个不是事实吗？"

"我变成了一个小市民，这话什么意思？我爱过你，是你破坏了一切，却装做无辜的样子。"

他不说话了，扭转头，目光越过草坪，看着远处的山丘。她跟随他的目光朝外看去，看到了草地上的羊群。"羊!"

"我刚才在数羊。你还记得我当时多么气愤吗？可能我当时把你吓坏了。我现在依然会气愤，不过数羊可以帮助我平息气愤。"

她使劲想他当年气愤的样子，但是没有印象了。她的男人，对，就是她的丈夫，会用那种冷冷的愤怒让她的心凉透。如果这种愤怒持续上几天，她会被逼得完全绝望。"你当时对我吼了吗？"

他没有回答，而是转移话题："说说你的生活？我知道你离婚了。我在报纸上看到过他八十岁生日时和另外一个女人的照片。照片上也有他的孩子。那些孩子是你们的吗？"

"你想听我告诉你，我的生活一塌糊涂，我当时应当等你的，是不是？"

他笑了。她想起来了，她当年在喜欢他这种毫无保留的、无拘无束的、夸张的笑声同时，也为这种笑声感到害怕。她感觉到了，他笑的不仅仅是她的问题。他的笑声还化解了谈话的紧张气氛。但是她的问题有什么可笑的呢?

"我曾经写过一本书,说的是人生的决定无所谓对错,人只是在过不同的生活。不,我不认为你的生活一塌糊涂。"

十

她在说。她中途辍学，因为丈夫需要他。他当时还没有参加
资格考试，但是得到了主任医师的职位，因此必须尽快补上资格
考试。除此之外，他当时还担任一家学术杂志的编辑。她写稿，
帮他审稿。"我当时干得很不错。后来接替海尔姆特的那个编辑给
我提供了一个助理编辑的职位。但是海尔姆特对他说，要等一段
时间，等到我成为一个快乐的寡妇。"

后来有了孩子，而且是连着有。要不是生老四的时候出现了
并发症，她可能还会继续生下去。"你只有一个女儿，我不知道你
们是怎么做到的。但是只要有了四个孩子，再到大学去学习，那
是不可能的。我忙得团团转。不过看着孩子们一点点长大，看着
他们变得有出息，也是很幸福的。老大在联邦法院当法官，老二
是博物馆馆长，女儿们都当上了母亲，在家操持家务，和我一样。
但是一个女儿嫁的是教授，还有一个嫁的是乐队指挥。我有十三
个孙子孙女外孙外孙女。你有几个？"

他摇了摇头。"我女儿没有结婚，也没有孩子。她有点自闭。"

"你妻子怎么样?"

"她和我差不多高，也像我一样瘦。她写诗，她的诗不可思议，疯狂、绝望。我喜欢她的诗，尽管我经常看不大明白。我还有一样东西不大明白，就是她抗争了多年的忧郁症。不明白是什么引发了忧郁症，什么治好了忧郁症，这种病是不是和月亮或太阳的周期有关，我们吃的喝的会不会和忧郁症有关。"

"她肯定不是自杀的吧?"

"不是的。她是得癌症去世的。"

她点点头。"在我之后，你找了一个完全不同的女人。我想在一生中看很多书，但是只看了当编辑所需要的书，后来看的是孩子们看的书，因为要和他们讲这些书，我早已忘记了为我自己而看书。我现在有时间看书了。但是看了又有什么用呢?"

"你从街上往门口走的时候，我在厨房，路很短，但是我立刻就听出了你的脚步声。你的脚步和以前一样，依然是那么的坚定，嗒、嗒、嗒。我从来没有见过一个女人，脚步有那么坚定。我当年就想，你一定很坚定，人如其行。"

"而我当年想，你会像在舞会上引领我跳舞一样，沉稳而又轻盈地领着我走过一生。"

"我又何尝不希望人生如舞呢。但是朱丽娅从不跳舞。"

"你和她在一起幸福吗？你觉得你的生活幸福吗？"

他深深地吸了一口气，又长长地呼了出来，身体后仰，靠在沙发背上。"我想象不出没有她的生活会是什么样。我也不可能把其他人的生活想象成自己的生活。当然，我可以想想这个，想想那个，但那些都是抽象的。"

"我不一样。我经常会把事情想象成和实际发生的完全不一样。比如，如果我完成了大学学业，成了职业女性，会怎么样？如果我当年接受了助理编辑的职位，会怎么样？如果在海尔姆特有了第一次外遇后，我就离婚了，会怎么样？如果我对孩子没有那么严厉，没有那么严肃，而是采用宽松、放任、快乐的方式教育他们，会怎么样？如果我把人生不仅仅只看做是责任和义务的组合体，会怎么样？如果你没有离开我，会怎么样？"

"我……"他没有把话说下去。

她真想再说一遍。但是她不想争吵，不想引他生气，于是问道："你写的东西我能看懂吗？我很想试试。"

"我回头找点你可能会感兴趣的东西寄给你。能给我你的地址吗？"

她打开自己的拎包，取出一张名片递给他。

"谢谢。"他接过名片，"我还从来没印过名片。"

她笑了。"现在印还不迟。"她站起身。"帮我叫一辆出租车?"

她跟着他走进工作室。房间在露台旁边,视线也是对着山丘。趁他打电话,她环视了一下房间。四壁也摆满了书架。写字台上有书和纸张,一侧是一张电脑桌,另一侧是一块留言板,上面钉满了账单、取货单、报纸剪贴、手写留言条和照片。眼神忧伤、个子高挑、身材瘦削的女人应当是朱丽娅,表情自闭的那个年轻女子应当是他的女儿。有一张照片上有一条狗,瞪着和朱丽娅一样忧伤的眼睛,在看照相机的镜头。另外一张照片上,阿达尔贝特身穿深色套装,和其他几个身穿深色套装的先生在一起,仿佛是一群留级的高中生。手挽手站在房门口的穿制服的男人和穿护士服的女人应当是阿达尔贝特的父母。

再往下,她看到了一张他和她的黑白小照。他们站在站台上,紧紧拥抱。这不会是……她不住地摇头。

他放下电话,走到她的身边。"不,这不是我们那次告别。有一次,我,你的女友伊莲娜,还有我的朋友艾伯哈特,我们到火车站接你。那天下午已经比较晚了。我们一起到河边,吃了野餐。艾伯哈特从他爷爷那儿继承了一台上发条的留声机,从旧货商那儿淘到了一些胶木唱片。我们跳舞一直跳到深夜。还记得吗?"

"这张照片一直挂在这里?"

他摇摇头。"开始没有。后来挂上去的。出租车到了。"

他们走到街上。"你自己打理花园?"

"不,有园艺工。我只负责修剪玫瑰。"

"谢谢。"她边说边搂住他,感觉他全身只有骨头。"你身体好吗?你瘦得皮包骨了。"

他用右手搂住她,拥住她。"多保重,妮娜。"

出租车到了。阿达尔贝特打开车门,扶她上车,关上车门。她转过身,看见他站在那里,身影越来越小。

十一

艾米丽一直在前厅等着。她跳起身，朝奶奶跑去。"怎么样？"

"明天在路上给你讲。我现在最想做的是吃晚餐，然后去看电影。"

她们在内院的露台上吃晚餐。天色还早。她们是头一批客人。四围的房子挡住了街上的嘈杂声和汽车声。一只乌鸫在房顶歌唱。七点，教堂鸣响了钟声。除此以外，一切都很安静。艾米丽有些委屈，不想说话，两人吃饭很沉闷。

看什么电影在她并不重要。她生活中不经常去电影院，而且也没有看电视的习惯。但是她一直觉得银幕上可以活动的画面很振奋人心，因此想在这天晚上让自己振奋一次。就这个而言，这场电影达到效果了。但是电影没有让她忘掉一切，而是唤醒了她所有的回忆：孩童时期的梦想，憧憬比家庭和学校生活还要美好还要了不起的生活，她可怜的努力，以为弹钢琴和跳芭蕾可以实现这种生活。电影里的那个小男孩迷上了电影，没完没了地缠着西西里小村庄的电影放映员,直到同意他协助放电影。最后,小男孩成了电影导演。她儿时形形色色的梦想,到最后只剩下了一个:找到一个如意夫君。但是就连这仅剩的梦想都没有实现。

但是她从不允许怜悯自己,直到今天依然如此。艾米丽眼泪汪汪地走出电影院,搂住奶奶,依偎在她身上。她安慰地抚摸艾米丽的后背。用手搂住艾米丽,这个动作她已经做不到了。艾米丽很快脱开了她的手。她们俩并肩走着,穿过依然明亮的夏日夜晚,回到旅馆。

"你明天真的要回家?"

"我不必很早到家,因此不必很早动身。九点吃早餐,合适吗?"

艾米丽点点头。但是她对奶奶,对最后这两天不满意。"你现在就睡觉,装做没事一样?"

她笑了。"即便真的什么都没发生,我也不会睡得仿佛什么都没发生。你知道,人如果年轻,要么睡觉,要么醒了起床。但是如果上了年纪,会有第三种状态出现:既没有睡着也没有醒来。这种状态很独特,人变老的特征之一,是接受了这种状态,并且认为它是正常的。如果愿意,你可以到城里逛一圈,我没意见。"

她回到自己的房间,躺在床上。她做好准备,在睡、醒、回忆、思考、再睡、再醒中度过这个夜晚。但是第二天早晨,她还是从睡眠中醒过来的。

她们上车，再次驶上那条小路，沿着弯曲的河流开。艾米丽明白，她的问题不会有任何结果，因此不再提问，而是等待。

"事情不像来的时候我讲的那样。不是他离开了我，而是我离开了他。"这就是故事的全部。但是为了艾米丽，她还是接着说了下去。"在火车站告别的时候，我知道他几天就会回来，而且也知道，他没法写信，没法打电话。我本应当等他的。但是我的父母发现我根本没有实习，于是把海尔姆特派来了。他的任务是送我回家，他的确把我送回了家。我那时害怕和阿达尔贝特一起生活，虽然不介意他贫穷的生活环境，但是我害怕，害怕我无法理解他的思想，害怕和父母决裂。海尔姆特的世界是我的世界，于是我逃进了这个世界。"

十二

"为什么告诉我这些?"

"因为我一直以为事情不是这样的。在和阿达尔贝特见面的时候,我还这么以为。"

"人总不能……"

"不,艾米丽,是可以的。我受不了自己做出了错误的决定。阿达尔贝特说,人生没有错误的决定。那么我要说,我受不了自己做出了这样的决定。我是不是做出了决定?我那个时候的感觉是,先是阿达尔贝特吸引我,但后来把我吸引过去的是我的世界,是海尔姆特。当我的世界和海尔姆特没有让我幸福的时候,我怪罪到了阿达尔贝特的身上,是他没有看出我的恐惧,是他没有给我帮助,是他没有拉住我。因此我感觉是他离开了我。他在火车站告别以后,我的回忆把这一切都聚集在了那个场景上。"

"但你还是做出了决定!"

她不知道该回答什么。说其实没有区别,因为不论是什么结果，她都必须伴着这个结果生活下去？说她不知道究竟什么是决定？海尔姆特把她送回家，后面都是自然而然的事情，她嫁给他，孩子一个接一个地出生，他出现一次又一次的外遇。她在生活中的义务必须一一履行。有什么可决定呢？

所以她有些气恼地说："难道我可以决定不带孩子？孩子病了不管他们？不同他们谈他们的问题？不带他们去剧院，去听音乐会？不为他们找好学校？不帮助他们做家庭作业？还有你们这些孙子孙女们，如果我不履行我的义务……"

"义务？难道我们对你来讲只是义务？你的儿子女儿对你也只是义务？"

"不，我当然也爱你们。我……"

"这话听起来，好像对你来讲，爱也是一种义务。"

她觉得艾米丽根本不让她把话说完，但同时又不知往下该说什么。她们离开了乡间公路，并入高速公路的繁忙车流。艾米丽开得很快，比来的时候快，而且有时开得过于胆大和鲁莽。

"你能不能开慢一点？我害怕。"

艾米丽猛拉了一把方向盘，动作幅度很吓人。她驶到最右边的车道上，插在两辆低速行驶的卡车中间。"满意了吧？"

她累了，但是不想睡，不过还是睡着了。她梦见自己是一个小姑娘，牵着妈妈的手在一个城市里跑。虽然街道和房子她都熟悉，但是依然觉得城市很陌生。原因可能是我还太小，她在梦中想。但是没有用。越是往下跑，越是压抑，越是害怕。直到一只眼睛又大又黑的狗把她吓了一跳。她大叫一声，醒了。

"怎么了，奶奶?"

"做了一个梦。"她看见一个路牌，知道离家不远了。在她睡觉的时候，艾米丽又回到了左边车道上。

"我送你回去就走。"

"到你爸爸妈妈那儿?"

"不，我不用在家等大学录取通知。我还有点钱，想去哥斯达黎加看我的女友。我一直想学西班牙语。"

"但是今天晚上……"

"今天晚上我去法兰克福，住在另一个女友那儿。一有航班就走。"

她觉得自己必须对艾米丽说点什么，鼓励的话，或者告诫的话。但是她的思路没有那么快。艾米丽这么做是对还是错? 她欣赏她的决定，但是在不知道这个决定是对还是错之前，她不会说出来。

艾米丽把她送回住处。收拾好东西，她把她送到车站。"谢谢你，没有你，我恢复不了健康。没有你，我不可能做这次旅行。"

艾米丽耸了一下肩膀。"没事。"

"我让你失望了，是吧?"她想找一些能表达歉意的词句，但是没有找到。"你做得很好。"车到了。她将艾米丽拥到怀里，艾米丽用胳膊搂住她。艾米丽从前门上车，过了一会儿走到车厢的后部。车在弯道消失前，她跪在最后一张座椅上，向车挥手。

十三

　　这个夏天依旧美好。晚上经常有雷阵雨。她坐在有雨棚的阳台上，看着云团逐渐变黑，风逐渐压弯了枝头，雨滴开始落下，开始是零星小雨，然后是倾盆大雨。如果温度降了，她会盖一条被单。有时她会睡着，等醒来时，发现已是深夜了。雨后的早晨，空气清新得令人陶醉。

　　她延长了散步的路程，制定了旅行的计划，但是做不了决定。艾米丽从哥斯达黎加给她寄来了明信片。艾米丽的父母没有原谅她，因为她放走了艾米丽。艾米丽至少应当提供法兰克福女友的地址，这样在起飞前还可以找到她，和她谈谈。最后她说，她不想再说这事了。如果他们还要谈这事，他们就不用来看她。

　　几个星期后，她收到了阿达尔贝特寄来的包裹。她喜欢这本书的装帧，细长的开本，黑色亚麻布封面。她喜欢看这本书，喜欢摸这本书，也喜欢这本书的书名：《希望和决定》。但是她并不真的想知道阿达尔贝特在想什么。

她真的想知道的是，他跳舞是不是依旧那么帅气。估计一如当年。她去看他的时候，真应当多待一会儿，应当打开收音机，和他共舞，从房间舞到露台，让他用仅剩的手臂引领着她，稳健而又轻盈，轻盈得她宛如在飘浮。

Sommerlügen by Bernhard Schlink

Copyright © 2010 by Diogenes Verlag AG Zürich

图字：09－2011－616 号

图书在版编目（CIP）数据

夏日谎言/（德）伯恩哈德·施林克著；刘海宁译
.—上海：上海译文出版社，2023.5（2025.3重印）
　　ISBN 978－7－5327－9188－0

　Ⅰ.①夏…　Ⅱ.①伯…　②刘…　Ⅲ.①短篇小说—小
说集—德国—现代　Ⅳ.①I516.45

　　中国国家版本馆 CIP 数据核字（2023）第 038586 号

夏日谎言	BERNHARD SCHLINK	责任编辑　周　冉
Sommerlügen	伯恩哈德·施林克　著	装帧设计　柴昊洲
	刘海宁　译	

上海译文出版社有限公司出版、发行
网址：www.yiwen.com.cn
201101　上海市闵行区号景路 159 弄 B 座
上海中华商务联合印刷有限公司印刷

开本 890×1240　1/32　印张 11　插页 5　字数 125,000
2023 年 4 月第 1 版　2025 年 3 月第 2 次印刷

ISBN 978－7－5327－9188－0
定价：72.00 元